文庫

逆軍の旗

藤沢周平

文藝春秋

目次

編集部より

本書に収録した作品のなかには、差別的表現あるいは差別的表現ととられかねない箇所が含まれています。が、著者は既に故人であり、作品が時代的な背景を踏まえていること、作品自体は差別を助長するようなものではないことなどに鑑み、原文のままとしました。

尚、本文中で、厳密には訂正も検討できる部分については、基本的に原文を尊重し、最低限の訂正にとどめました。明らかな誤植等につきましては、著作権者の了解のもと、改稿いたしました。

逆軍の旗

逆軍の旗

一

惟任日向守《これとうひゅうがのかみ》光秀は、たびたび中座した。そのため連歌はなかなか始まらなかった。

その夜の光秀の落ち着かないそぶりは、光秀の人柄を熟知している連歌師里村紹巴《じょうは》の眼に、異様に映っている。紹巴は、光秀が備中路で毛利と対陣している羽柴筑前守秀吉を援護するため、二、三日中に出陣することを知っていた。たびたびの中座を、出陣のために取りかかっている準備があって、亀山と連絡をとっていると受け取ることも出来た。

だがそれにしても、光秀の動作は落ち着きがなさすぎた。心がこの座にないような振る舞いがちらつくのである。連衆と談笑していて、相手がものを言い終わらないうちに、不意に立ち上がったりした。紹巴は高名な連歌師として、頻繁に織田家の武将たちにも招かれるが、光秀ほど日常の儀礼を大事にする武将を知らない。その日常からはみ出す動きが今夜の光秀の挙措の中にある。

光秀は部屋を出ると、暗い廊下を真直ぐ閑所まで歩いた。が、そこには入らないで手水《ちょうず》を使い、庭を向くと小さく咳払いをした。

「吉蔵が、到着しましてござります」

縁の下の闇で、低い声が言った。

「うむ、どう言っている」

光秀はせき込むように、闇に問いかけた。

「恐れながら、じかにお聞き取りを」

闇の中の声は、やはり低かった。

「吉蔵、いるか」

「は」

さっきの声とは違う張りのある若い声が返ってきた。光秀は、微かに笑い声が伝わってくる廊下の端の部屋のあたりに、ちらと眼を投げ、闇に沈むように廊下に蹲《うずくま》った。

「ここへ来い。話せ」

「三七信孝様、惟住《これずみ》様は今日安土を発たれ、摂津へ向かわれました」

「京には寄らなんだか」

「すでに通りぬけましてござります」

三七信孝を主将に、惟住五郎左衛門長秀を副将にするその軍団は、四国に向かっている。四国の長宗我部《ちょうそかべ》元親《もとちか》を討つためだった。元親が信長に背いたのは理由がある。七年前元親が土佐から阿波に侵入したとき、信長はその働きを賞め、ついでに四国は手柄次第に切り取れといった。ところが、今年二月、甲州出陣のころになって、土佐、阿波二国以外はやれないと前言を翻《ひるがえ》したのである。七年の間に、元親は阿波から伊予、讃岐まで大半を伐り従えている。信長を恐れて、勝手な食言に従うほど、元親はひ弱な武将ではない。無視した。

すでに元親討伐の先鋒、三好康長が、二月前に阿波の勝瑞《しょうずい》に陣を敷いている。信孝、長秀の軍団は、すでに大坂、住吉、堺、岸和田に集結している兵を纏め、厚味を加えて海を渡る筈だった。

華やかな軍団の移動が、ちらと光秀の脳裏に浮かんで消えた。

「三位《さんみ》中将様（信忠）は、薬師寺町妙覚寺に、そのままご滞在でござります。動かれる様子は見えませぬ」

「………」

「右府様（信長）は、明日西条本能寺に入られます」

「それは、確かだな？」

そう聞いたとき、光秀はその質問を長い間胸の中で温めてきた気がした。

「今日未《ひつじ》の刻（午後二時）には、本能寺の木戸口に兵を配り、申《さる》の刻（午後四時）には青物の荷を運び入れました。明日入京、本能寺宿泊は間違いございませぬ」

光秀は眼を瞑《つむ》った。

信長は、ほとんど裸で京に入ろうとしている。権力者は、いつも周囲に厚く兵を聚《あつ》め、鎧《よろい》のように武力的に空白地帯ともいうべき場所に、身を置こうとしているようにみえた。

昔、近江の朝倉義景に寄食していたとき、光秀は鉄炮《てつぽう》で一揆の部将を撃ちとめたことがある。

義景が加州一揆と戦っていた時で、光秀は朝倉景行の陣場にいて、敵の夜襲を受けた。当時の一揆軍は、後年の蓆《むしろ》旗を立てた農民集団とは異なる。装備も武器も一流で、信仰心に支えられた粘りと団結力を持ち、戦い馴れしていた。強力な武装軍団だったのである。

その夜、深い闇の中から、朝倉軍を襲ってきた一揆軍も手強《てごわ》かった。混戦になる前に、光秀はすばやく陣場を脱け、篝火《かがりび》の光のおよばない場所に立つと、振り返って様子をみた。朝倉家における身分は客分であり、光秀自身まだ朝倉義景に仕える気持ちはない。戦場で軍功を獲《え》て立身の足しにする立場とは無縁であった。

戦いは、立ち遅れた朝倉勢が立ち直って互角に変わった。打ち合う刃音、槍と槍がからむ音、槍の柄で鎧を敲《たた》く音、怒号と叫び声が夜気を震わせ、暗い地面が揺れた。しかし一揆軍は数が多かった。闇の中から、炎《も》え上がる陣場の炎の光の中へ、刀槍を高くかざし、裂けるほど開いた口から、涸れ声をしぼって飛び込んでくる敵影が続いた。地獄から獄卒の群れが湧き出てくるようだった。

一揆軍が、やや押し込んだと見えた頃、光秀は、敵方の後陣にいて、激しい身ぶりで馬の上から采配を振っている部将を見た。鎧姿は黒かったが、乗っている馬が白いために、遠い火明りをうけて、敵将の姿が浮き上がってみえた。反射的に、光秀は左手に提げていた鉄炮を構えた。火縄を吹きながら、光秀は、銃口がその部将を把えたのを感じた。

瞑った眼の裏で、その時の部将坪坂伯耆《ほうき》の姿と、信長の姿が重なった。ほとんど酩酊に近い誘惑が、光秀を襲っている。そこに信長の運命が、暗い裂け目を見せているのを、光秀は覗き込んでいた。信長は、射程距離の中にいた。信長を呑みこもうとしている暗い亀裂の底に、光秀は己れ自身の死臭も嗅いでいる。お主《しゅ》殺しである。その名分をふりかざして、四方から敵が殺到するだろう。叛軍の汚名を着て、一族はもとより三軍が亡《ほろ》ぶのである。だが、その迷いも、いま細作《さいさく》が闇の中に描き出してみせた裸の支配者を撃ちとめる好機の前に、ほとんど消えようとしていた。兵略の粋を尽くしても、こんな機会を作り出すことは出来まい。そう思うと、背筋に戦慄が走った。

光秀は眼を開いた。雨はやんでいるが、いつまた降り出すか解らない湿気を含んだ闇が、眼の前にあった。

かすれた声で、光秀はまた闇に問いかけた。

「徳川殿の動静はどうだ？」

二

「少し休むか」

清滝の谷間に降りると、紹巴は言って、昌叱《しょうしつ》の返事を待たずに道端の岩に腰をおろした。愛宕神社から下る坂道は、明け方に音がするほど降った雨に濡れて、滑りやすかった。肥っている紹巴は、長い降り道と、滑るまいとした気遣いで、ぐったりと疲れきっている。

「はあ」と言って昌叱は、だいぶ前を歩いている心前を呼んだが、渓流の音にまぎれて呼び声はとどかないらしく、心前は撫《な》で肩の背をみせながら、次第に遠くなって行く。

「ま、いいよ。気がつけば途中で待っているだろう」

紹巴は言って、お前も坐れ、という身振りをした。試《こころみ》峠から鳥居本の村落を抜けて化野《あだしの》へ出る道は遠い。ひと息入れる必要があった。ひややかな風が谷間を流れ、忽ち汗がひくのが解った。

紹巴は眼を挙げた。うす曇りの空だったが、空はぼんやりと日の明るみを宿している。雲は絶えず動いているらしく、時折り洗ったような日の光が谷間にふりそそぎ、両側に迫っている闊葉樹の葉に残っている、透明な雨滴を光らせ、渓流のところどころ泡立つあたりを、白く照らし出した。

「月明けに、二条の御所に招かれていますが……」

昌叱は言いかけて、腰をおろしている岩の上で軀を捩《よじ》って痰を吐いた。

「お集まりになるのは、どういう方方で？」

「まだ決まっていませんよ」

紹巴は不機嫌な声を出した。昌叱の無作法な所作が気にさわったのである。たとえ道端でも、師匠にものを言いかけて痰を吐くということがあるか、と思った。昌叱は固肥りで逞《たくま》しい骨組みの軀をし、髭を剃ったあとなど青青としている。連歌師にはみえない。句作の技倆も切れ味が鈍いところがあって、紹巴は時時この逞しい四十男は、場所を間違えて連歌の席に坐っているか、と思うことがある。だが昌叱が、弟子の中で誰よりも連歌が好きで、心底打ち込んでいることを認めないわけにいかない。

そこまで考えてきて、紹巴はまたこの弟子の粗放な振る舞いを許す気になった。

「惟任様は、もう亀山に着かれた頃でございますな」

昌叱が言った。それが突然だったので、紹巴は不意を打たれたように昌叱の顔を見まもった。だが、見返した昌叱の眼には、何かを含んだいろは見えない。

「もうお着きだろう」

昌叱の陰翳《いんえい》のない眼に救われたように紹巴は言った。

「武者というものはせわしないものだの。しず心なく争いを追って走るが宿命というか、惟任様も今朝百韻を巻いておられたが、いま頃はもはや出陣の支度だろう」

紹巴はそれが癖で、ひとくさり感想を述べたが、昌叱の言葉で、昨夜から持ち越した漠然とした不安が、もう一度濃く胸を染めるのを感じた。

愛宕神社西ノ坊、威徳院で興行した連歌は、始まるのが遅かったために、深更に一巡して休み、仮寝のあと明け方からそのあとを続けて、辰《たつ》の刻（午前八時）に九吟百韻を巻き終わった。

発句《ほっく》は、光秀の、

「時は今あめが下しる五月哉」

であった。脇は威徳院の行祐が、

「水上まさる庭の夏山」

とつけた。第三句を起こそうとしながら、紹巴に一瞬のためらいがあった。第三句は行祐の付句を受けながら、他に転じなければならない。だが、紹巴の気持ちは、光秀の発句に向いていた。そういう心の働きを強《し》いるものが、発句にある。品もあり、季語、切字を備えて、調子の高い発句だった。

だが紹巴は、その句を強すぎると思った。発句は普通静かに滑り出すのが常である。それは後に続く何十句かの付句を想定した、連歌衆への気遣いのようなものだった。前句を受けて呼びかけ、それに答えながら、新しい句境の立ち上がりをうながす。そうした細かな気遣いの間に、思いがけない展開が現われ、座は熱を帯び、疲れを忘れて、帯を織り上げるように一巻の句集を巻くのである。

光秀の発句は、そういう意味で孤立していた。連歌興行の席に明るく、また織田家の武将の中でも、もっとも洗練された社交性を身につけている光秀に似つかわしくない発句の立て方だった。

光秀は、志を述べたのではないか、と紹巴はふと思った。そう解釈すると、発句の張りつめた調子が、ごく自然に腑に落ちた。同時に紹巴は、凶凶《まがまが》しい戦慄が胸を掠《かす》めて走ったのを感じた。京の一部で根強く囁かれている、右府どの、惟任どの不仲、の噂を、俄《にわ》かに身近に風が吹くように感じたのである。

いまにも光秀が叛《そむ》くような言い方を耳にしたこともある。だがそういう噂に対して、紹巴は慎重だった。織田家の多くの武将に出入りし、口軽い堂上方にも出入りしている身分である。滅多なことを口走れば、身の破滅をよぶことは明らかだった。噂は聞き流してきた。だが、聞き流したことは、噂の深刻さを理解しなかったことではない。織田右府という人の性格、惟任日向守という武将の性格を考えると、むしろ紹巴は、噂をあり得ることとして感じている。感じはしたが、強いて眼をそむけてきたとも言える。所詮武辺のことは、風流の徒に関わりないことという、そっけない考えもあり、また臆病だったからでもある。

だが、光秀の発句が一種の決意を述べたようなものだとすると、紹巴は思いがけなく噂の真実を証しする場に立ち会わされたようだった。咄嗟に紹巴は、発句の強い性格を打ち消すしかないと思った。

「花落つる流れの末をせきとめて」

が、紹巴のつけた第三句だった。それは光秀を諫《いさ》めるというよりは、光秀の決意に同意しなかった意思表示のつもりだった。発句、脇句と続いた勢いを、そこで喰いとめることで、紹巴はまた噂が含む真実から眼をそむけたのである。

第三句をつけて、紹巴は光秀の表情を窺《うかが》った。燭台の焔《ほのお》が照らす光秀の顔は、やや沈鬱にみえたが、連歌がはじまる前にみられた、軽躁な動きは影をひそめている。紹巴の句が披講されると、光秀は顔を挙げた。微かな笑いが口辺に漂ったようにみえたが、紹巴の方は見ずにまた俯《うつむ》いた。光秀のよく光る顱頂《ろちょう》が、灯を照り返すのを、紹巴はしばらく見まもったが、光秀が何を考えているかは解らなかった。

「昨夜、惟任様はいつもと様子が変わっているとは思わなかったか」

と紹巴は言った。

昌叱は喉を鳴らして、また痰を吐き出してから言った。

「連歌が始まる前でござりますか。少しそわそわしておられましたな」

「やたらに痰を吐くのはやめよ」

紹巴は叱ってから、

「そなたも気付いたか」

と言った。

「しかし、何しろ出陣の前で、お忙しいのでしょう」

昌叱はこともなげに言い、今度は大きな嚔《くしゃみ》をひとつした。

「興行が始まってからは、ずいぶん興がられて、句も多かったようです」

それは昌叱の言うとおりだった。紹巴十八句、昌叱十六句に次いで、光秀、心前がおのおの十五句ずつだった。百韻が出来ると、光秀はそれを愛宕神社に納め、機嫌よく亀山に下る道を降りて行ったのである。そこで別れを惜しむという風でもなく、特別なことは何もなかった。

昌叱の言葉を聞き、淡淡とした表情で山を降りて行った光秀のことを思い出すと、何ごとでもない気がする。しかし、それでもそう決めかねるものが、執拗に紹巴の胸に残っている。それは昨夜の発句のせいだった。あらゆる状況を押しのけて、紹巴の詩人的な感覚は、昨夜、発句の中に光秀がすさまじい素顔をのぞかせていたことを把えている。

「そろそろ行くか」

紹巴は立ち上がった。心前は、どこか遠くで待っているのか、仄暗い谷間道には立ち戻ってくる人影もない。

紹巴はふり返って高雄の方をみた。また雲が断れたらしく、谷間の樹樹が照り耀《かがや》き、樹《き》の枝を這っている藤の花が、鮮やかに眼を射たが、谷間の裂け目から遠くのぞいている高雄の方は、日暮れのように昏《くら》くみえた。

三

明智秀満が呼ばれて行くと、光秀は板敷の上に円座を敷き、胡坐《あぐら》を組んでいた。部屋の隅に甲冑《かっちゅう》が置いてあり、光秀はすでに小具足をつけている。外が曇っているせいで、申の刻（午後四時）になったばかりだが、部屋の中は仄暗い。

部屋の入口で、秀満は一瞬立ち止まった。相変わらず地味な人だ、と思った。明智の軍は鎧甲《がいこう》鮮明と言われる。だが光秀は好んで樫鳥縅《かしどりおどし》の鎧を着用した。綿嚙《がみ》も白である。白かたびらに黒の籠手《こて》、脛当《すねあ》ての小具足姿はさらに簡素だった。僧堂のようなこの部屋から、光秀は出発する積りらしかった。

「坐れ」

光秀は、膝の前のもうひとつの円座を指さして言った。

「大体揃ったか」

「大体揃いました」

秀満は答えた。

「亥《い》の刻（午後十時）には発つぞ。ところで……」

光秀は腕組みをして、じっと秀満を見つめた。

「わしは、中国に行く気はない」

「……？」

秀満は訝《いぶか》しそうに光秀を視《み》た。意味を理解し兼ねて、やがて当惑した表情になった。

「筑前の尻押しなど、したくないのだ」

「しかしそれは。いや、その積りで兵を集めたのではありませんか」

「違うな」

光秀は、ちらと白い歯をみせた。だがその笑いはすぐに口辺に凍り、顔色は急速に蒼ざめた。死相のような白っぽい表情の下から、光秀は囁いた。

「右府殿を討つぞ、弥平次」

「それはなりますまい」

咄嗟に秀満は言った。部屋の空気を裂いた自分の声に愕《おどろ》いて、秀満は素早く立つと板敷を横切り、杉戸を開いて外を確かめた。廊下は黄昏《たそがれ》のように薄暗かったが、人の気配はなかった。

円座に戻ると、俯いていた光秀が顔を挙げて微笑した。頬は紅味《あかみ》をとり戻している。

「年来とかくの風聞があることは、承知しておりまする。とくに甲州陣以後は、殿のご様子も以前とは様変わったところがあり、ひそかに気遣っても居り申した。殿が一切打ち明けなさらぬから、詳しいことは勿論存じ上げないが。しかし一旦の憤りのために、一族が亡ぶような企てには、加担は出来ませんぞ」

「叛かなくとも滅びるな」

光秀は言った。静かな声音《こわね》に含まれている確信が、秀満をもう一度愕かした。眼を瞠《みは》って秀満は問い返した。

「そこまで行ってござりますか」

「そうだ」

重い沈黙が二人の武将を包んだ。二人の耳は、馬のいななき声、兵の私語、笑い声などの部厚いどよめきを聞いている。それは水底に沈んだ石に、遥かな水面が立てる騒騒しい波音がとどくように、遠いがはっきりした物音となって響いている。城の内外を埋めた兵が夜の出陣を待って憩っているのだった。

沈黙の間に、二人の思考は分れて、それぞれ別の道を歩いている。秀満の頭脳は、これからさきどうすべきかを、せわしなく探っていたし、光秀は、潮騒《しおさい》のような兵のどよめきの上に、ここまで歩いてきた道程を重ね視ていた。

信長との間に、ひややかな乖離《かいり》が始まったのはいつ頃からだろうか。

元亀二年九月、信長は叡山を焼いた。三千の寺社、僧坊を焼き、経巻をあまさず焼き、山上の僧俗数千を頸《くび》切った。その時光秀は異様な感じをもっている。そういう殺戮《さつりく》ができる信長という人物に、一瞬戦慄を感じたのだが、しかしその怖れは、わずかに心を染めただけで消えた。

その前年坂本口から侵入して、醍醐、山科まで焼いた越前の朝倉、浅井の兵が、信長の出兵を聞いて叡山に逃げ、立て籠ったとき、信長の懇請に対して、叡山は山門の権威を背にして、信長に味方することを拒んでいる。そのために信長は一時窮地に立たされたのだった。

叡山を焼き打ちした信長には、その時の鬱屈した怒りを一度に晴らそうとする狂暴な勢いがあった。だがそれは一時の憤りでなく、信長はもともと、魚肉、鳥肉を啖《くら》い、女色をひき入れている堕落した宗門が説く法、ふりかざす山門の権威を、腹立たしいだけで少しも信じていないのだろうと光秀は思った。

そこには論理と真直ぐつながっている、明快で魅力的な行動がある。殺戮があって山上の法燈は消えたが、かわりに、これまで誰も予想しなかったような、新しい世の中が展《ひら》けそうな予感があった。信長は、誰にも見えていない新しい世界を視ている。その期待が、光秀から、信長に対する怖れを消した。その新しい世界を形づくる仕事に加わっている興奮と、次第に厚く与えられる栄達に心を奪われてもいたのである。

だが、叡山焼き打ちのときに一瞬感じた違和感は、その後身近に起こった幾つかの出来事の中で、微妙に屈折し、信長との間の裂け目をひろげたようだった。

天正二年九月、信長は長年執拗な敵だった尾張長嶋の一向一揆を破り、二万の男女を中江、屋長嶋の城に焼き殺した。城のまわりに幾重にも柵をめぐらして閉じこめたあとで、四方から火を放ったのである。

そこまですることはない、とその時光秀は思っている。叡山を焼いたときには、古い形骸化した権威を焼尽する、壮大な破壊のドラマがあった。だが長嶋の殺戮では、光秀は信長の眼にほとんど偏執狂的な憎しみをみたにすぎなかった。

信長の狂気の徴候を、光秀はすでにその年のはじめにみている。正月朔日の岐阜城で、信長は身内衆の酒宴の席に、薄濃《はくだみ》にした首三つを、檜の白木で作った折敷《おしき》にのせて出し、酒の肴にして興じた。漆《うるし》で固めた上に、薄く金泥で彩色した首は、前年滅ぼした朝倉左京大夫義景、浅井備前守長政、長政の父浅井下野守《しもつけのかみ》久政の首だったのである。

織田家は戦争に明け暮れていた。四方に敵がいた。その敵を相手にする戦は、ある意味では狂気と殺戮の間断ない連続であり、光秀自身もその狂気の中に棲んでいたのである。だが戦いには、おのずから作法がある。その作法に従うことによって、武将たちは狂人になることをまぬかれていた。

光秀が、薄濃の首、長嶋の殺戮に違和感を抱いたのは、それが戦陣の作法にはずれ、にもかかわらずそれが深いところで信長の嗜好に叶っているように思えたためである。信長の後姿に、光秀はひそかな視線を送らずにいられなかった。すると、遠い闇に音もなくはためいて消える稲妻のように、時折り露出する信長の狂気が見えてくるようであった。

武田勝頼を長篠《ながしの》に破った天正三年、信長は美濃岩村城を攻めた。城将秋山信友ら三名は、赦免するという信長の言葉を信じて降ったが、信長は降将を捕えると岐阜に送り、長良川畔で磔《はりつけ》にしている。天正七年十月、信長はその前年摂津有岡に叛いた荒木村重の一族千百五十人を殺した。女房百二十二人を鉄炮、鑓《やり》、長刀《なぎなた》で殺し、残り五百人余りを四軒の家に押し籠め、屋外に草を積んで火をかけ、悉《ことごと》く焼き殺したのである。火が屋内にまわると、閉じこめられた人人は、網の中に魚がひしめくように、躍り上がり、跳び上がって、悲惨な情景が評判になった。この二、三日あと、荒木村重の血縁、親族も六条河原ですべて頸切られたが、村重はその前にすでに有岡の城を捨て、尼崎に逼塞《ひっそく》して無害だったのである。一族を虐殺する理由はなかった。

天正六年二月、吉野山中の土地の者がひとつの首を信長に進上した。首は磯貝新右衛門のもので、六年前足利義昭に加担して、叡山の麓一乗寺に立て籠った新右衛門が、降参して吉野に隠れていたのを、土地の者に知られ殺されたのである。信長は喜び、首を持参した者に黄金を与えた。六年前のことを忘れていなかったのである。天正八年八月、信長は佐久間右衛門信盛、正勝父子、林佐渡守通勝、安藤伊賀守守就、尚就父子、丹波右近ら、織田家で宿老ともいうべき武将達を追放した。佐久間信盛追放の理由は、石山本願寺を囲んで五年の間、目立った働きがなかったことなど、十九条を数え立てていたが、その中で、先年の朝倉攻めのとき、自画自讃して、信長の面目を失わせたということを取り上げている。

朝倉攻めは、実に七年前の天正元年のことである。八月十二日夜、風雨を衝いて大岳《おおだけ》の越前陣を落とした信長は、続いて丁野山に籠っている敵を攻めてこれを落とした。この時、大岳を後《うしろ》巻きして、朝倉義景の兵二万が与語《よご》、木本、焼尾に陣を敷いていたが、信長は、ここを戦機とみていた。

先手として佐久間信盛、柴田勝家、滝川一益、蜂屋兵庫頭《ひょうごのかみ》、羽柴筑前守、丹波五郎左衛門ら十九将を定めておいたが、信長は朝倉は必ず退くだろうから、時機をのがすな、と二度も三度も陣触れした。恐らく信長の戦場感覚が、義景の退き気配を鋭く把え、その時刻を測って苛立たしいほど神経を張り詰めていたのである。十三日の夜、果たして義景の大軍は、音もなく移動をはじめた。咄嗟に信長は追討ちをかけたが、度度の陣触れがあったにもかかわらず、先手に定められていた武将達は、このときことごとく信長に遅れたのである。気がついて追撃に移ったが、信長に追いついたのは地蔵山を越えてからだった。信長の激怒は言うまでもない。柴田、丹波、羽柴など諸将は、恐縮して詫びたが、その中で佐久間信盛だけは、涙をこぼしながら、そうはおっしゃるが、我我ほどの力量ある家臣を持たれることは、めったにあるものでない、と抗議した。

その時の、素直に詫びないで理屈を言った信盛の面憎さを、信長は七年の間胸の底に抱いていて、ついに許さなかったのである。

林佐渡守通勝の追放は、実に二十四年前の弘治二年、信長の父信秀が死んだとき、信長を措いて、弟の信行を跡目に立てようとしたことを理由にしている。

信長は、ほとんど無残なまでに、既往の権威、権力を否定した。形式に堕し、空洞化した権威は侮蔑し、それがなお強大な権力を持つ場合は、憎しみを露《あらわ》に向けた。公方足利義昭は、はじめ信長を「わが父」と呼んだ。しかし一旦叛くと、あらゆる策略を弄して信長に敵対したのは、将軍に対する、信長の徹底した侮蔑に気づいたためだったろう。また一向一揆が、果てしなく執拗な抵抗を繰りひろげたのも、法門に注がれる信長の視線の、異常な冷たさを理解したからである。

一向宗徒が予感したように、信長はかつて彼等が見たことがない破壊者として、彼等の前に現われたのだった。叡山の堕落は明らかであり、たとえそれが新しい世界の出現に妨げになるとしても、誰もが叡山を焼くことが出来るわけでない。それを敢えて焼き尽くしたところに、信長の眼が昏《くら》むような新しさがあり、同時に、異常さがあった。一見爽快なほど割り切った行動は、その背後に、決して傷むことがない、過酷な心を同伴していなければならない。

そうした中で、信長の皇室に対する尊敬は異例だが、その権威は信長にとって全く無害だったのである。皇室ははじめから被保護者の立場にあり、そして保護するところに信長の利もあった。

あらゆる権威、権力の所在が、信長をほとんど生理的に不快にし、耐え難くする。その否定と破壊は、必ずしも壮大に外部に働くとは限らない。佐久間信盛の一言に、信長の自尊心は病的に傷つくのである。信長の神経は、一瞬そこに敵対する小さな権力をみる。その傷は、信長の中で眠ることはあっても、決して死ぬことはない。七年後に信盛は処罰され、二十四年後に林佐渡守は追放されるのである。

荒木村重の一族を頸切り、焼いたとき、村重自身は尼崎に遁《のが》れ、ほとんど無力だった。にもかかわらず、信長はそれでもまだ、村重が降服して来ない苛立ちを押さえることが出来なかったのである。

あらゆる権力を否定し、破壊する過程の中で、信長という新しい権力が立ち現われてくるのを、光秀は眺めてきた。しかも土を洗い落としたあとに、白い根をみるように、権力者の中に次第に露出してくる狂気は無気味だった。

四年前、荒木摂津守村重が叛いたとき、光秀は二度村重に会っている。最初は光秀、松井友閑、万見《まんみ》仙千代の三人が会い、村重に謀叛の真意をただした。

事情は簡明だった。村重の寄騎《よりき》中川瀬兵衛清秀の手の者が、囲み攻めにしていた石山本願寺の城に、夜小舟で堀を渡り米を売ったのである。それを安土では、村重が敵方に味方して粮米《ろうまい》を入れたと噂された。止むなく叛いたのである。

三人の報告で、信長は了解し、村重が母親を人質に出せば許すと言った。ところが村重はこれを拒んで再び叛いたのである。

もう一度光秀は有岡の城に行った。今度は秀吉と松井友閑が一緒だった。村重は、今度は三人の説得を頑《かたく》なに拒んだが、帰ろうとする時別室に光秀を呼んだ。

二人きりになると村重は、

「新五郎の家内は、一応返そう」

と言った。光秀の娘のひとりが、村重の嫡子荒木新五郎村安の妻になっている。

「それは忝《かたじけ》ないが……」

光秀は一礼して言葉を続けた。

「もうどうにもならんか」

「実は一度、山崎まで行ったのだ」

唐突に村重は言った。馬鹿馬鹿しい疑いだったし、信長に弁明する積りで山崎まで行った。ところがそこに中川清秀、荒木元清、荒木重堅、高山重友など、村重の重臣が顔をそろえていて、「安土へ行けば、殿の命は終わりだろう。仮に運よく陳弁が通ったとしても、信長は一度気に違《たが》ったものは、やがて必ず攻め滅ぼすお人だ」と言い、いっそ毛利家に頼った方がいいと諫《いさ》めた。そこで馬を返して有岡城に籠ったという。

「どう思うな?」

村重は渋皮で固めたような、浅黒い小さな顔を光秀に向けて言った。それは戦場で練り上げた顔であり、小心でもなく、さほど大胆でもない、律儀な男の途方に暮れた顔だった。

「連中が言ったことは、馬鹿げているかの」

「……………」

光秀は絶句した。その時村重をとらえた恐怖が解る気がしたのである。

「ま、そういうわけだ。武士の一分だ。立て籠るしかあるまい」

村重はそう言い、苦笑して付け加えたのだった。

「あの方は猫のようなもので、一度は赦《ゆる》しておなぶりあっても、しまいにはとって喰いなさる。お主はいまのところうまく逃げているようだが、気を付けることだな」

気を付けることだな、と村重は言ったが、苦笑まじりにしたその警告は、四年後不意に光秀を襲った。

四

今年三月十九日、光秀は信長に従って上諏訪にいた。二月のはじめから、信忠を司令として取りかかっていた甲州攻めは、織田、徳川連合軍の圧勝の形で、ほとんど終わっていた。上諏訪にくる前に、下伊那郡浪合まできたとき、武田勝頼、嫡子の太郎信勝らの頸が届き、信長はそれをみている。

信長の軍団は、信忠の軍にひと月遅れて、後詰めの形で出発したが、戦らしいこともなく、ゆるゆると動いて上諏訪まで来たのである。その夜、宿泊した法華寺で酒宴があった。

不意に甲走《かんばし》った信長の怒声が上がったのは、酒宴の半ばである。それが自分にむけられたものだと解ったとき、光秀は一瞬蒼ざめた。

信長は敷皮の上に突っ立ち、日向、ここへ来い、と叫んでいた。燭台の灯が照らし出した信長の顔は、目尻が吊れ、額とこめかみに青黒く血管が怒張し、仮面のように青白い怒気を貼りつけている。いそいで光秀は膝行《しっこう》した。

「なにごとか、お気にさわりましたか」

「白白しいことをぬかす」

信長は舌打ちした。仮面が赤い口を開いたようにみえた。信長の眼は、無気味に据わって、刺すように光秀を凝視している。白い歯を剝《ぬ》いて信長は言った。

「われらとは貴様がことか。吐かせ、今度の戦で貴様がどう働いた？」

あッと思った。酒盃がひと通り巡ったところで、席に連なった武将達は、口口に今度の甲州攻めに示した信忠の働きを賞めた。光秀も甲州落着を祝ったあと、われら織田の軍勢、多年骨折った甲斐がござった。いまはこのとおり諏訪のうち、上様の兵満ち満ちてござると言ったのである。

他意はなかった。だがほかの部将たちのように、直線的に信忠の働きを称揚するのをためらったのも事実だった。

甲州勢は、すでに三流の軍団にすぎない。長篠の戦場で馬場信房、山県昌景、土屋昌次、真田信綱、甘利信康など高名の部将を多数失い、信忠が甲州攻めにかかってからは、高遠の仁科《にしな》五郎信盛の奮戦はあったものの、穴山梅雪、武田逍遥軒、小山田信茂らの離反があって、内部から自壊をいそいだのである。信忠の働きは、多少割引があって然るべきだという気持ちがあった。その上、信長の甲州出陣に従って以来、光秀にはひそかな鬱屈がある。

同僚の柴田勝家は、北国の押さえとして、やや鈍重な仕事ぶりながら、それなりに地味に、手堅く経営効果を収めていたし、秀吉は播州にいて、相かわらず派手な働きぶりだった。出陣にあたって、信長は十一カ条の触れ書を示したが、その中で中国一円は、秀吉に宛てておく、とした。遠く甲州に出陣するに当たって、秀吉に後方をゆだねたのである。

さらに出陣の前に、光秀はひとつの噂を耳にしている。近年北条氏政との間を周旋して功がある滝川一益を、近く関東に下し、上野《こうずけ》一国を与えて関東経営にあたらせるというのである。

同僚の、それぞれ華やかな活躍をよそに、光秀だけはひとり、物見遊山のように、のどかに移動するだけの軍列の中にいた。微かな焦燥が、光秀に芽生えていたのも事実である。こうした気持ちに加わった多少の酔いが、光秀の言葉を不用意にした。

単純直截《ちょくせつ》なものの言い方を信長は好む。この場合は、何を措いても信忠の甲州陣での働きを賞めなければならなかったのだ。信長は、光秀が、何故かそうすることを回避したことを、鋭く嗅ぎつけたのである。

伏せた眼の裏で、光秀は長い間ひそかに注視を続けてきた信長の後姿が、不意にふり向いたのをみた。信長の狂気と、避けるひまもなく視線をあわせたのを、光秀は感じた。いま信長は、自分が背後から視られていたことに気付いただろうか。ほとんど絶望的に沈んで行く気持ちを、立て直しながら光秀は謝った。

「お許しめされ。心づかぬことを申し上げましてござる」

酒気は、まったくさめていた。光秀は寒かった。それは寺の外の闇に残る雪のせいだけではない。微かに顫《ふる》える肩口に、いきなり酒を汲んだ盃が飛んできて当たった。

「目ざわりな、てゝろ頭め。消えろ」

吐き出すように、信長は言った。信長に仕えてはじめて聞いた罵声である。それは底冷たく光秀の空虚な胸の中で響いた。肩から滴る雫《しずく》を感じながら、光秀は冷たい板敷に平伏した。

凍るような恐怖が、この織田家中で傑出して有能な武将を鷲づかみにしている。山崎まで来ながら、そこで逡巡したという荒木村重の恐怖を、光秀は膚《はだ》で感じている。眼の前にいるのは、新しい世界の、耀く盟主ではなく、危険な独裁者の、立ちはだかる黒く巨大な姿だった。

光秀の思考の断れ目《き》を測っていたように、秀満は言った。

「もうどうにもなりませぬか」

「どうにもならんな」

光秀が言うと、秀満は低く唸った。

実際、どうにもならないだろうと光秀は思った。甲州から安土へ帰陣すると、二十日ほどして信長から休暇を命じられた。その翌日徳川家康と穴山梅雪が安土にやってくると、光秀はその馳走役を命令された。しかし中国で毛利勢と対陣している秀吉から使者が到着して、毛利の大軍が高松城を救援にきたと知らせると、信長は光秀に中国出陣を命じている。中身はどうあれ、形式的には秀吉の翼下で働くことになる。

四国の長宗我部攻めには、三七信孝と惟住長秀が出発しようとしていた。だが、長宗我部氏とは、光秀は古いつき合いがある。信長との間を斡旋し、元親が長子弥三郎に、信長の一字をもらって信親という諱《いみな》としたのも光秀の働きであり、その時に信長は元親に四国は手柄次第に切り取ってよいと言ったのだった。信長は前言をひるがえしたのだが、長宗我部については、和戦いずれにしろ、光秀は大きな役割を果たすべき立場にいる。

もし戦になれば、四国経営は自分の手でという気持ちがあった。しかし光秀のその気持ちは無視されている。

光秀の眼には、北陸の柴田、中国の秀吉、関東の滝川一益、四国に行く惟住長秀がある。そして、自分は秀吉の一援軍として中国路に入るのである。甲州陣以後、傾斜した坂を静かに滑りはじめた自分の運命を、光秀は感じていた。この間まで、確かに肩を並べていた秀吉、柴田修理勝家、そして滝川左近一益さえ、霞むほど高い場所で日を浴びているようにみえる。上諏訪でみた信長の怒りを思い出すと、もう一度彼等がいる場所まで上りつめることは不可能だと思われた。むしろ佐久間信盛、林佐渡守、荒木村重らを呑み込んだ運命が、坂の下に黒い口を開いて光秀を待っている。

「あてもない放浪だった」

不意に光秀は言った。

「お前には見せたことがないが、その頃わしの身なりは、まるで乞食だった。犬のように、喰わしてくれる主《あるじ》をもとめてさすらったのだ。特技といえるのは鉄炮だけだ。そんなものは、いまは珍しくもないな。そこから、ここまで引き上げてもらった。もとは一介の鉄炮射ちが、だ。どう仕打ちされようと、不足は言えん」

「………」

「そう思ってきたが、それはこちらの気持ちだ。それでは、どうにでも出来ると思っている者を、そのまま認めるかということになると、話は別だ。近頃一泡吹かせたい気もしてきたのだ」

「……」

「虫けらのようには死にたくない」

「甲州で、よほどのことがあったとみえますな」

「そういうことはあった」

答えたが、光秀はふと秀満に弁解しているのが厭になった。筋道をたてればそういうことだったが、いま光秀を強く動かしているのは、もっと直截な、眼が眩《くら》むばかりの誘惑だった。傲《おご》りに満ちた壮大な権力が、一撃で崩れ落ちる機会が眼の前にある。どうしてそんな状況が、と怪しむほどの、恐らく二度とない好機だった。それに気付いたら、俺でなくとも、誰かがやるかも知れない、と光秀は思った。周囲に常に狙撃者の眼がある。それは必ずしも敵だけとは限らない。味方の中にも狙撃者はいる。それが強大な権力を持つものの宿命なのだ。だが光秀は、秀満にその誘惑を言うわけにはいかない。

「どうだ」

と催促した。

「坐していても滅ぶ、ですか」

秀満は、首を傾けて呟いた。

「いずれ、そうなる」

「成算は？」

「成算もなにもない。右府殿はお供百名足らずで、本能寺におられる。まるで裸だ。それに筑前は中国、修理殿は北陸、左近殿は上野にいる。惟住殿、三七殿は難波にいる。つまりこの企てを邪魔するものは誰もいない」

「ははあ」

秀満はちらと光秀の顔をみた。口に出してみると、一層誂《あつら》えたような状況だった。光秀は、秀満に本心を覗かれたかと思った。だが、それは違った。光秀が兵略的に理解している状況を、秀満は政治的に理解したようだった。秀満は固肥りの体軀の中に、そういう能力を隠している。

「すると天下の主になることも考えられますな」

不意に言って光秀を愕かした。小具足の革が鳴ったのは、秀満が胡坐を組み直したのである。

「天下？」

光秀は、珍しい男に道で出合ったような眼で秀満をみた。

「結果的にそうなります。殿がおっしゃったように、敵に廻して手強いと思われるお歴歴は、すべて遠国におられ、しかもそれぞれ厄介な敵を抱えてござる。急には振り向くことも出来ますまい。右府様を討ち奉った後は、ゆるゆる畿内を固めて置けば、たとえとって返そうとする者がいても、容易には動けなくなりましょう。悪くしても勢力割拠という形になります。中でも中央にいる殿がもっとも有利なことは間違いござりませぬ」

「わしは、そこまでは考えていなかった。一分を果たしたあとは、この城に討手を引きうけ、一戦して滅びてもいいと思っていたが」

「それでは、ほかの者が納得しますまい。それに……」

秀満は、非難するような強い視線で、光秀を視た。

「それがしも、不承知でござる」

光秀は眼を背けた。

天下を望んだことが、ないわけではない。一挺の鉄炮だけを抱いて、野犬のように放浪していたころ、心を満たす何ものもなく、惨めな飢餓感だけがあるどん底で、夢だけは放恣《ほうし》に膨れ上がって、僅かに日日を慰めたのだ。次には信長に認められ、坂本に一城を与えられたころ。その頃行手に眩しく光る一条の道を見なかったわけではない。

だが、いまはそういう時代が、あらまし過ぎようとしているのを感じている。そして、それを完成しようとしている男の、精神の過酷さも視てきた。

「しかし、やがてひと合戦はあるでしょうな」

と秀満が呟いた。ほとんど同時に、二人は眼を見合った。

「………」

「あれか」

「さよう、彼の男でござる」

二人の網膜が、共通したひとつの像を映していた。それは矮小《わいしょう》な軀を小まめに動かし、しかも大きな声であけすけな話題を口にし、妙に人好きのする男だった。

秀吉が、むかし草履取りの身分だった頃、草履を懐に温めて信長に認められた、という話を聞いたとき、光秀は驚嘆した。そういう発想は光秀にないものだった。同時に、そういう発想ができる秀吉という男を、ほとんど怖れに近い感情で眺めた記憶がある。権力者が、そういう発想に弱いことを、秀吉は本能的に見抜いているようだった。

光秀にとって、秀吉は手強い競争相手だったが、光秀はその優れた競争者に、終始憎めない感情を抱いてきている。織田家中でのし上がる気持ちは共通していても、手段は対照的に異なっていた。お互いに、相手のやり方を盗んでも、うまくいかないことを知っている。侵し合うことなく、これまできた。秀吉を敵にまわすことを考えたことは一度もない。

だがいま、改めて敵の位置に据えてみると、その矮小な体軀は、無気味に膨れ上がって光秀を圧迫するようだった。

光秀の表情が動いた。

秀吉と争ってみたい気が、不意にしたのである。長年の好敵手の実力を、この際測ってみたい気がした。一流の兵略家として、一流の軍団の長としての自負が、光秀を衝き動かしている。

信長を討てば、いずれ秀吉とは兵を交えることになる。それも真っ先に襲ってくるのは、秀吉だという予感がある。故主の復讐という名分を、恐らく秀吉は最大限に自分のために利用するだろう。たとえ中国路で身動き出来ない状況にいても、首だけは中央にふり向けて、例の大声《わめ》でそれを喚き立てるだろう。天下の把握につながるような好機を、察知できないような男でも、それをむざむざ見逃すような男でも秀吉はない。そして勝家や滝川一益からは、そういう感覚は欠落している。

「面白くなってきた」

光秀は思わず言った。秀吉にそのつもりがあれば、むざと引き退る手はない。力は、ほぼ互角だろう。競ってみるだけの価値はある。秀満が言う、天下の主という言葉は、まだ実感がないが、結果的にそうなるとすれば、回避すべきものではない。

「面白うございましょう。ここは大きく構えるところですぞ。殿には、その力も才覚もござる」

秀満は言った。すでに信長を討ち取ったような言い方だった。

「それでは、重だった者を呼んで打ち明けますか」

「待て」

光秀は立ち上がろうとする秀満を、手をあげてとめた。

「軽軽しく言うことはなるまい。ほかの者も、みんながお前のように加担するとは限らんのだ。ここで、一人でも反対する者があると、厄介なことになるぞ」

「では、どうなされる？」

「軍を、このまま京まで持って行く。すぐに物頭を集めて、京から使いが入ってそのようになったと言い含めろ。右府殿が、明朝わが軍の出発を検閲なさると言えばよい。ひそかに言え。次右衛門、伝五、利三らには、機を図って途中で打ち明けよう」

光秀の頭脳は、精緻に動きはじめていた。わかりました、と言って弥平次秀満は立ち上がったが、ふと気付いて、

「灯を持って来させましょう」

と言った。部屋の暗さに愕いたのである。

「いや、いらない」

と光秀は言った。薄闇の中で、秀満はふと影がものを言ったように、その声を聞いた。

五

天正十年六月一日。

亥《い》の刻（午後十時）に、光秀は兵を率いて亀山城を出た。亀山の東、野条までくると、そこに集まっていた兵を合わせ、軍を三つに分けた。

先鋒は弥平次秀満、中軍は次右衛門光忠、第三軍を光秀が従えて、一万三千の兵が再び動き出したとき、時刻は子《ね》の刻（午前零時）を回っていた。

六月の夜空は暗い。野条を発つとき、松明《たいまつ》はすべて捨てさせたので、夜の底を進む軍列は、蛇行《だこう》する黒い帯のようだった。後軍にいて、歩き辛そうな馬の歩みに揺られながら、光秀は、いま自分が身を置いている立場が、やはり極端に異常なものだという気がしている。叛逆を思い立ってから、想像の中では幾度も本能寺を襲撃し、信長の首までみている。だが実際に、そのために行動を起こし、ひややかな夜気を吸いながら、馬に揺られていると、やろうとしていることは、信じられないほど異常に思えた。

「夢とも、うつつとも言えそうな……」

ふと呟いたが、聞き咎めたものは誰もいないようだった。

秀満の軍は、やがて老《おい》ノ坂にかかるな、と思った。すると、不意に心が波立った。老ノ坂を右に下りれば軍団は山崎・天神馬場に降りて、摂津へ出る。亀山から三草越えをしないで、老ノ坂へ向かったことに、たとえ不審を抱く者がいても、言い訳はいくらも出来る。しかし老ノ坂を左に下りれば、もはや桂川を渡って京に入る道しかない。

「殿は、いずこにおわす」

前方の闇で、光忠の喚き声がしている。光秀は夢から覚めたように、思考をそこで打ち切って答えた。

「ここだ」

やがて光忠が馬を寄せてきた。漸く馬を並べると、声を圧《おさ》えて言った。

「弥平次はどうかしており申すぞ。坂を左へ下りようとしている。何を考えてるのだ奴は。殿はご承知か」

「よし、全軍を駐《と》めろ。暫時休む」

と光秀は言った。闇の中を、鋭い声が次次と走り、その声に縫いつけられたように、軍団は動きを止めた。

道を逸れた山の中腹に、草が茂った空地があるところまで、光秀はゆっくり徒《かち》でのぼり、伝令が集めてくる人間を待った。空を仰いだが、一面に黯《くろ》い布を貼ったような夜の気配があるばかりで、星屑の影もない。

やがて、手探りでのぼってきた者が、

「どこですか」

と言った。藤田伝五の声だった。

「ここだ。そばへ来い」

と光秀は言った。

弥平次秀満、明智次右衛門光忠、藤田伝五、斎藤利三、溝尾庄兵衛の五人が集まると、光秀は、

「明け方四条本能寺を襲い、右府殿の御首《みしるし》を頂くつもりだ。一時の思い立ちではない。多年考えるところあって、こうなった。いまさら引っ返しもならん。与《くみ》してくれい」

と言った。

六人とも立ったままだった。黒い棒のように男たちは立ち竦《すく》んだ。やがて、誰かがふうむ、と太い溜息を洩らし、鎧の胸板のあたりが、かちっと鳴ったのは、腕を組んだのであろう。

「殿と右府様仲違いという噂は、お主たちも耳にしておろう。それが事実だという
ことだ。ご承知のように、あの方は人を許すことがなり難いお人だ。黙って辛抱し
ても、明智の命運はいずれ窮《きわ》まる。そういうご判断だ。武家の一分、止むを得ま
い」

と秀満が言った。

「しかし……」

潰れた塩から声は庄兵衛だった。

「いや、事情は解り申した。しかし、そういうことなら、今少し早くご相談頂きた
かったの。われらを、殿は信用なされなんだか」

「いや、迷ったのだ」

と光秀は言った。

「右府様を討ち奉った後は、殿が天下様だ」

と、秀満が言った。おう、という声があがった。短い沈黙のあとに、不意に熱っ
ぽい空気が生まれたようだった。

「それは面白い」

「殿、働きがいがありますな」

「庄兵衛、声が高すぎないか」

利三の声がした。圧《おさ》えた声で利三は続けた。

「もし、われらが同意しなかったら、殿はどうなさるつもりじゃ」

「止むを得ん、斬る」

光秀も圧えた声で言った。がちゃ、と鎧を鳴らしたのは、利三の声に向き直ったのである。

「内蔵助《くらのすけ》は、不承知か」

「いや、ハハ、ハハ」

利三は渋い笑い声を響かせた。

「もはやお迷いもないようで。いや、もとより同意でござります」

諸将が、闇の中を自分の隊に戻ると、再び指令が闇を縫い、軍列は動き出した。軍団はいまははっきり老ノ坂を左に進んでいる。右に、摂津へ向かう道を、光秀は捨てた。そのときから紛れもない叛逆者だった。

鞍の上に、軀の均衡をとりながら、光秀は、軍団が、さっきまでと違って、それ自身ひとつの意志で動いているように感じている。無数の黒い牙が、ひしめいて坂を下り、京に向かう気配を光秀は聞いていた。

坂を下り、沓掛《くつかけ》まで来ると、光秀は全軍を休ませ、兵粮《ひょうろう》を取らせた。この間に天野源右衛門を呼び、一隊を預けて先発させた。市内の偵察と、軍団の様子を訝って本能寺に報せる者があるのを防いだのである。

軍団は休息から立ち上がると、今度は足を速めて桂川の岸に出た。川は京の西を、北から南に走る。空に霧のような雲が動き、そのために視野にとどくひと筋の光もなかったが、仄白く夜は明けようとしていた。桂川の向かい岸の先に、軒を寄せ合う人家の塊《かたまり》が散らばり、やがてその奥に、黒黒とひろがる街衢《がいく》があるのを、光秀は馬上で視た。馬は先を急いでしきりに足掻《あが》いたが、光秀は手綱を絞り、呼吸を測るように扁平な街衢のひろがりを眺め続けた。すでに軍団の先端は川の中ほどまですすみ、薄暗い川面に白い飛沫を弾ねかえしている。

光秀が、全軍に本能寺襲撃を触れたのは、桂川を渡り切ったときである。この触れを、軍団は一瞬息を呑んで聴いた。だが異様な静寂が通り過ぎたあとには、獲物を視野におさめた狂暴な集団が残されていた。

京の市中は、まだ軒下に仄暗い夜のいろを溜め、路には人影もなかった。夥《おびただ》しい人馬の塊は、馬具をきしませ、甲冑を触れあわせて、突然襲った飆風《つむじ》のように町を駆け抜け、卯の刻（午前六時）、本能寺を襲った。

六

光秀は幕舎を出ると、空を仰いだ。

潤んだような淡い青が空を染めている。だが水色のその空は、鋭く鼻腔を刺してくる物の焦げる匂いを含み、南に廻った日は、本能寺の方角にまだあがっている余燼《よじん》に光を遮られて、時どき黒っぽい銅鏡を空に吊したように見えた。

時刻は辰の刻を過ぎている。仮陣屋の外を、人の足音、鳥のように鋭く呼びかわす声、重い車の音がいり混じって駆け過ぎる。その合間に押小路室町の方角に遠い喊声《かんせい》があがるのは、二条御所の攻撃が続いているのである。だがその戦闘は間もなく終わりだ、と光秀は思った。

三位中将信忠は、初め室町薬師寺町の妙覚寺にいて、知らせを聞いて本能寺に向かおうと出撃したが、本能寺がすでに明智軍の重囲に陥ちたことを知ると、諦めて二条の御所に入った。入るとすぐに光秀に使者を寄越し、高貴の人人に禁裏にご動座頂く間、しばらく攻撃の手を休めてもらいたいと言ってきている。二条御所には、皇太子誠仁《さねひと》親王と親王の皇子がいた。光秀は快諾した。使者を帰すと同時に、御所を囲んだ光忠の軍団にその指示をしている。

聞こえてくる遠い喊声は、そうした措置がはやく終わり、信忠の抵抗が次第に終焉に近づいていることを示している。本能寺を焼いた弥平次秀満の軍団も、いまは二条御所攻撃に加わっている筈だった。そのことを伝えてきた伝令に、秀満は簡単に「本能寺のこと終わる」と言わせている。

伝令にそう言わせ、すぐに二条御所に向かった秀満の動きから、右府襲殺が首尾よく成功したことは疑いなかったが、簡略すぎる報告に光秀は不満を持った。秀満は大局的な見方が出来る有能な武将だが、意外なほど粗雑な神経をさらけ出すことがある。本能寺攻めの模様を、もっとくわしく報告させるか、一隊を分けて本陣に信長の首を運ばせるかすべきだと、光秀は思ったのである。

とりあえずいえば不満だが、秀満に対するその不満は、実は信長という人物に対する底深い懼《おそ》れから来ている。ほとんど兵略とも言えない、大地を槌《つち》で撃つにひとしい襲撃計画であった。成就に手違いのあった筈がない。秀満の簡潔な報告もそれを裏書きしているようであった。にもかかわらず、信長の首を視るまでは決して安心できないという気持ちが光秀の中にある。あの巨大な権力者が死んだと、どうして軽軽しく信じることが出来よう。

光秀は首を傾けた。喊声が熄《や》んでいる。

「終わったようでござるな」

不意に背後で声がした。幕舎を出てきた溝尾庄兵衛が声を掛けたのである。

「うむ」

「しかしよい日和《ひより》でござる。梅雨《つゆ》ももはや終わったげな」

庄兵衛はその場に似つかわしくない感想を口にし、空を見上げると疎《まば》らな顎鬚を掻いた。庄兵衛の鬚には、白いものが目立つほど混じっている。光秀ももう一度空を見上げた。南の空に蟠《わだかま》っていた煙は漸くうすれ、降りそそぐ日射しは暑いほどだった。仮陣屋の内も外も兵が固めているが、日射しの下に、彼等の姿はほとんど動かず、僅かに身動きすると、槍の穂が白く光った。

俺の後姿に、庄兵衛は焦燥をみたかも知れない、と光秀は思った。事実信長の首を、この眼で確かめたいという気持ちは、襲ってきた渇きのように光秀の内部に募ってきている。それは勝利感のためではなく、ほとんど恐怖に近い感情のせいだった。

「右府殿の御首を、はやく見たいものだ」

率直に光秀は言った。いまの気持ちを庄兵衛が理解できるとは思わなかったが、口に出すことで焦燥が幾分紛れる気もしたのである。

「ほどなく、弥平次が持参致しましょう」

庄兵衛は慰めるように言った。

「右府殿の手廻りがおよそ百。二条の方が、村井の手の者を入れてざっと五百だ。少し手間どり過ぎた感じだな」

「市中の戦ゆえ、止むを得んでしょう」

庄兵衛は軽く言ったが、不意に眼を光らせて、帰ったようでござると言った。

地を叩く馬蹄の音が近づき、やがて陣屋の外は馬のいななき、声高な話し声で騒然となった。

「やあ、殿」

外幕を絞って入って来ると、秀満は大声で呼びかけた。続いて次右衛門光忠が姿を現わした。近づいた二人の甲冑姿から、微かな硝煙の香が匂った。冑《かぶと》を脱ぎながら、秀満は、

「先ず、ざっと済みましてござる」と言った。

「弥平次」

光秀は鞭を持った秀満の手もとをみ、視線を真直ぐに秀満の眼に戻すと、鋭く言った。

「御首はいかがした」

「残念ながら」

秀満は光秀の口調の異様な鋭さに気づかないようだった。苦笑してゆっくり答

えた。

「御首を挙げることはかなわなんだ。すべて焼けましてござれば」

戦慄が光秀の背を走った。だが今度光秀を襲ったのは恐怖ではなかった。秀満の粗雑な答えの背後に、一瞬、生きているかも知れない信長を想定した緊張感だった。それは単純な闘志に似ていた。

早口に、光秀は問い訊《ただ》した。

「右府殿は確かに死なれたと思うか」

「無論」

秀満は眼を瞠《みは》った。そういう質問は予期していなかったようだった。冑を腋《わき》の下にはさみ直し、脚を踏み開いて真直ぐ光秀を視た。

「御首は頂きませなんだが、右府殿を討ち奉ったことは確かでござる」

「本能寺を遁れ出た形跡はないのだな」

「あり得ないことでござる」

秀満は漸く光秀の緊張に気づいたようだった。眼を瞬いて、ひとつうなずいてから言った。

「委細ご報告申し上げる」

「うん」

「本能寺を囲んだすぐ後、中の女子どもが落ちるのを許してござる。勿論厳重にひとりびとり確かめて外に落とし申した。以後は隙間なく囲んで、犬一匹外には出しており申さぬ」

「……………」

「女子どもの中に、右府殿が紛れたということはあり得ませぬ。と申しますのは、攻撃に対し、右府殿ご自身手強く立ち向かわれた。そのお姿を認めてござる。初めは弓を持たれ、後には槍を使われましてござる。火は寺の内側から発し、やがて右府殿が猛火の中に駆け入るお姿を認め申した。その後は立ち向かう者も少のうなり、燃え上がる建物を見まもるばかりでござった」

「……………」

「二条御所に駆けつけるのが少少遅れてござるが、これは焼け落ちるのを見届け、右府殿の亡骸《なきがら》を探索致しましたので」

「見つからなんだか」

「誰とも知れぬ骸《むくろ》多数を認めたのみでござった」

「すると……」

光秀は乾いた唇を舌先で湿した。暗い視野に、白い馬の上からのけぞって転落する、加州一揆の武将坪坂伯耆の姿が甦り、その姿に白皙《はくせき》長身の信長の姿が重なった。

肩先に銃床の衝撃がうずいたのを感じながら、光秀は低い声で言葉をつないだ。

「右府殿は、確かに死なれたのだな」

それはほとんど自分に確かめた声だったのだが、弥平次秀満は律儀にもう一度答えた。

「無論でござる。間違いござらぬ」

光秀は空を仰いだ。

暑い夏の訪れを示す水色の空がひろがっていた。駆け過ぎようとする雨期の名残りを残して、空は潤んでいたが、光は眩しく明るい。

虚《むな》しい思いが、突然に光秀を摑んだのはこのときである。長い間無気味な権力の下にいた。それは黒く重く垂れこめて動かない雨雲のようにうっとうしい存在だったのである。いまその権力が消滅したという実感がある。だがなぜか喜びは湧かず、雨雲が去った頭上の空のように、空虚な明るさだけがあった。

絵巻物を見るように、これまで生きてきた跡が、心の中をゆっくり滑って過ぎる。その時どきに懸命に生きた跡だった。鉄炮を習ったころ、放浪のころ、そして野心に燃えて織田家中で立身を重ねて行ったころ。そして信長襲殺も、生きんがために巨峰のように聳《そび》える権力を倒すことに、暗い情熱を傾けたと思う。

だがその仕事が終わったいま、光秀がみたものは、生きものの気配もない、荒れた野のような風景だった。そこに立ち尽くしているのは、紛れもない一人の叛逆者だった。この荒涼とした風景のなかに、なおもおのれを賭けるようなものがあるとは、もはや思えなかった。筑前守秀吉と天下を争う気に、たとえ一時でもなったことが訝しい気がした。天下という言葉は、いま嚥下《えんか》し難い固形物のように喉につかえる。

「殿、されば軍議を」

溝尾庄兵衛のしゃがれた声に、光秀はわれに返った。庄兵衛だけでなく、秀満、光忠、その背後に、いつの間に来たのか斎藤利三、藤田伝五、妻木主計《かずえ》、四王天但馬守もいて、訝しげな視線を光秀にあつめていた。放心は長かったようである。

「よし」

光秀は幕舎に向かって歩きながら、きびきびした口調で言った。

「まず京の町の治安だ。織田の残党は厳しく狩らねばならんが、人人にはもはや不安のない旨触れを出そう。忙しくなってきたぞ」

「………」

「庄兵衛」

幕をしぼって、半ば軀を入れながら、光秀は庄兵衛を振り向いた。

「原と申したか、お主に預けてあるあの者を呼んでくれ。すぐに毛利殿に使いを出す」

「心得ました」

幕舎に入り、地面に楯を敷いた板敷の上に円く坐ると、光秀は幕僚の顔をゆっくり見廻した。どの顔も疲れ、鎧姿から硝薬の香と血とも汗ともつかない匂いが匂ってくる。

——虚しげなものを覗きみたことを、この者たちに覚られてはならぬ。

それは疲労し、おし黙って眼を光らせている男たちに対する、ほとんど愛憐に似た労《いたわ》りの感情だった。

「毛利は勿論、北陸の上杉、関東の北条それに長宗我部にも、右府すでに亡しと知らせ、割拠経営を呼びかける。これによって、筑前も、修理も当面進退に窮する筈だ」

「妙策かな」

秀満が手を拍《う》った。男たちは鎧を鳴らし、私語を交わし合った。光秀は小姓を呼んで、板敷の上に地図をひろげさせた。

「ここに細川、筒井がいて、これが中川瀬兵衛、高山重友、池田恒興だ。わが組下ゆえ味方に誘うのはそう難しくあるまい。さて近江、美濃は……」

一流の兵略家としての光秀の頭脳が、いまいきいきと動いている。少なくとも幕僚の将たちはそう感じ、その声音が明るすぎることに不審を抱く者はいなかった。

七

連歌師里村紹巴の眼は、その夜も奇妙な光秀の振る舞いを映していた。

振る舞いというのは正確でないかも知れない。光秀は奇矯な行動を示していたのではなかった。吉田兼見《かねみ》に招かれ、饗応をうけて多少の酒を口にしたが、態度は慇《いん》懃《ぎん》で、以前にも増して丁重でさえある。にもかかわらず紹巴は時おり別人をみるように、密かな注視を光秀に送らないではいられなかった。

光秀は信長を討った二日の夕刻、居城坂本城に入ると、以後精力的に近江、美濃の経略に働き、今日九日上洛してきた。この間に近江、美濃の地侍の誘降をほぼ終わり、留守居の将蒲生賢秀が日野城に退いたあとの安土城を受け取り、秀吉の居城長浜城、惟住長秀の本拠佐和山城を攻めて手中におさめている。安土城には秀満を、長浜城は斎藤利三を、佐和山には山崎片家を入れた。

上洛した今日、光秀は禁中に銀五百枚、五山、大徳寺にそれぞれ銀百枚を献上し、京都市中に住む者の地子を免じている。そのことを、紹巴は光秀が到着する前に、兼見から聞いたのである。そのとき兼見は、わが社《やしろ》にも銀五十枚の寄進があった、とやや得意気な顔をした。だが紹巴は、銀五十枚は兼見卿個人に対する贈与ではないかと思った。光秀が上洛する直前の七日、吉田兼見は勅使として安土城に行った。そこで光秀に会い、一泊して昨日帰洛している。

兼見の安土行きは、光秀に対する征夷大将軍の宣下《せんげ》を持参したものでないかという、洛中の噂があった。また宣下について、かねて光秀と昵懇《じつこん》な兼見卿の働きかけがあったという囁きも、紹巴は耳にしている。近江、美濃の経営が一段落したとはいえ、光秀の上洛が、兼見の動きに触発されたように急であったことから生まれた噂のようであった。しかし今夜、忙しい筈の軀を、郊外の兼見の邸まで運んできた光秀を見たとき、紹巴は、噂は真実かも知れないと思ったのである。

兼見は聡明だが、神職に似げない俗臭も身についている男である。俗臭は多分に彼の政治好きからきていた。政治好きは公卿衆の中に時おりいる。禁中は、それ自体では全く無力だが、うまく時の権力者と結びつけば強大な権威を回復し、崇《あが》められる。その旨味《うまみ》を嗅ぎわける本能に恵まれ、行動力に富む者が、政治にただならない関心を抱くのである。

兼見の政治好きは、彼が公卿の地位を手に入れた始終にすでに現われているように、単純な公卿の政治好きと異なって、もっと現実的であるように紹巴は見ている。兼見の姿勢には、禁中と権力との橋渡しにとどまらない、ある熱中が見える。

信長は公卿を無視したが、光秀はそうではない。そういう意味で、光秀の登場は公卿衆に好感を持たれているようだった。上洛した光秀を、名の聞こえた公卿衆が出迎えたとも、紹巴は聞いている。それは兼見の動きが成功していることを意味しているようだった。

「細川親子が、髪を切って坊主になったそうな」

と兼見は言った。

「そのような噂でござる」

「日向殿に手むかうつもりかの？」

兼見の好奇心は、時として政治を離れて無邪気に子供じみる。光秀は胸をそらせて笑った。紹巴が初めて聞く高い笑い声だった。

「いや、その心配はござるまい。細川の倅が短気な男でござっての。親爺どのも釣られてなけなしの髪を払われたということであろう」

「なるほど、なるほど」

「あるいは真意は、この日向に同心していないことを、天下に触れたのかも知れませぬな。まだどちらに転ぶかわからぬ天下という見方からすれば、細川は利口に振る舞った。ゆるゆる天下の帰するところをみて、去就を明らかにする積りでござろう。その時分には細川の髪もほどよく伸びようほどに」

今度は兼見が笑い出した。甲高いその笑い声に、並んで相伴している昌叱、心前も声をあわせたが、紹巴はうつむいて干し魚を嚙んだ。胸につかえるものがあって、表情が硬いままなのを隠したのである。

居城宮津にいて中国出陣を準備していた細川藤孝、忠興父子が、本能寺の異変を聞いた三日、すぐに髻《もとどり》を切って信長に弔意を表したことは、はやく京に聞こえていた。その後紹巴が聞いた細川家の動静は、光秀がいま冗談まじりに口にした感想とは少し違っている。

髻を切ったあと、細川藤孝は家督を急遽忠興に譲った。今後の去就を忠興の一存にゆだねたのである。藤孝は勿論自分の意志で髪を切っている。そして忠興のしたことはこうである。家老の松井康之を弥平次秀満の陣中にやり、秀満に義絶を申し送った。忠興の妻玉は、秀満の妻女の姉である。次に忠興は、堺にいる織田三七信孝に使者を出し、織田家に二心ない旨を伝えたともいう。妻女の玉を、いち早く丹後の三戸野に幽閉したという噂も聞こえている。

細川家は、光秀が丹波を拝領して以来の寄騎《よりき》であり、忠興は娘婿である。光秀が天下の主となるために、まだひと戦二戦もあろうという情勢の中で、細川親子はその成否の鍵を握る位置にいる。それだけの実力を持っていた。もうひとりの強力な寄騎筒井順慶の動きとともに、その向背は深刻な筈だった。僅かな動静も、軽口で片づけるわけにはいくまい。それに、光秀は元来軽口を口に上《のぼ》らせるような人間ではなかった。

「すると、打ち捨てておいて大事ないか」

「いや」

光秀は微笑し、断定的に言った。

「近く味方させるつもりでござる。一応の手配はしてござる。あの伜の血が鎮まった頃を見はからって、再度談合の必要もあろうが、さほど難しくはござるまい」

「筒井さまの方は、いかがでございますか」

紹巴が口をはさんだ。その声音がどことなく詰問する響きを含んだのは、紹巴の心に深い憂慮があるからである。連歌や茶の湯を通して光秀とは長いつき合いだった。そのつき合いの中で、この武将の資質がなみなみならないものであることを知り、その人柄に惹かれてもいる。だがその人が天下人になるということには、紹巴はさほど関心がない。肩入れするつもりもない。紹巴にはよくわからぬ世界のことを、ただそういうものかと眺めるだけである。

だが信長を殺し、しかも天下を取れない場合の光秀の運命の暗さは予想できた。そしてひと口に天下を取るということが、簡単であろう筈がないことも理解できる。紹巴は筑前守秀吉も、柴田修理勝家も知っている。その獰猛《どうもう》な男たちが無傷のままでいることが無気味だった。一刻を争って、堅く兵を備えるべきだ、と光秀のために思うのである。

堂上の肩入れなどクソの足しにもならぬのだと、この風流の司祭は思った。光秀が頼るべき権力でないと解ったとき、彼らは破れた沓《くつ》を捨てるより容易に、この武将を見捨てる。頼るべきは、白粉臭い公卿衆ではなく、細川であり、筒井であり、中川清秀、高山重友らである筈だった。だが紹巴は、細川はもちろん、他の武将が光秀を支持したという声を聞いていない。

兼見の振舞酒に頬を赤くしている光秀に、紹巴は、その人に似ない奇妙に浮ついたものを感じつづけている。

「筒井がどうか致したか、宗匠」

光秀は紹巴をみた。

「いや細川さまのお話が出ましたので、筒井さまの方はどんな模様かと存じましてな」

「ご心配はいらぬ」

光秀はあっさり言った。

「筒井はすでにわが手の近江攻めに、兵を送ってきた。人数は僅かのものだがの」

「それはようございました。しかし細川さまの動きが気になりますな」

光秀は盃の手を止めて紹巴をじっとみたが、不意に盃を下に置くと、手を拍って笑い出した。

「宗匠が兵を案じるとは珍しい景色じゃな」

兼見も笑った。顔から、まだ笑いを消さずに光秀が言った。

「ゆるゆると参ろう、宗匠。天下が定まるのはまだまだ先のこと。そうせかんでくれ」

明日は下鳥羽に出陣するという光秀を見送って玄関に立ちながら、紹巴は今夜は一度も連歌の話が出なかったな、と思った。おそらく信長を討つと心に決めたに違いない、あの愛宕山の一夜にさえ、一巻の歌仙を巻いた光秀が、今夜ひと言も句に触れなかったことに、紹巴は改めて驚いた。

知悉《ちしつ》している光秀とは別の人間が、酒を飲み、高笑いして去って行った感じが紹巴に残った。

八

光秀は酔いの廻った軀を、もの憂く馬の歩みにゆだねていた。兼見の邸は郊外にあり、そのあたりは人家も疎《まば》らで、道は時おり腰丈まで草が繁る原野のような場所を往き過ぎたりする。従う者は騎乗二人、徒《かち》五、六人の小人数だった。

空は一面に雲に掩《おお》われていたが、西空の低い位置に月があるらしく、そのあたりから滲むような明るみが空にひろがり、馬も人も道に迷うことはなかった。

——明日は順慶の真意をたださねばならぬ。

下鳥羽から、場合によっては洞《ほら》ヶ峠まで陣をすすめて、順慶を催促する。これが光秀の胆《はら》だった。

今日の昼過ぎ、光秀は細作《さいさく》から奇怪な報告を受けている。筒井順慶は、河内へ出陣する模様はなく、居城郡山城にしきりに米塩を入れている、と。河内へ出陣することは、光秀との申し合わせで決まっていたことである。その軍は堺にいる三七信孝、大坂にいる惟住長秀に対する牽制として働く筈だった。順慶は、光秀が紹巴に語ったように、光秀の軍団に一部の兵力を出しており、少なくとも昨日まではその協力を疑わせるような行動は何もなかったのである。だが細作が探ったことに間違いがなければ、順慶は不意に光秀に対する協力をやめて、貝が殻に隠れるように籠城しようとしているのだった。

何が原因かは、光秀の推測の外である。細川父子の行動をみて自省したのかも知れなかった。順慶は元来が慎重な男である。あるいは信孝、長秀の誘いがあったかも知れないが、それが直接の原因とも考えられなかった。順慶が松永久秀のあとを襲って、大和を支配できたのは、光秀の援助によるところが大きい。たとえ、信孝の勧誘があったとしても、光秀を信孝に乗りかえる理由はなく、得策でもない。信孝、長秀の軍は本拠地を失った流浪軍団であった。本能寺の異変が伝えられた直後、信孝の兵は大半が逃走してしまったという報告を光秀は握っている。

――使者は藤田伝五がよかろう。

考えながら、光秀は不意に顔をしかめた。細川に続いて、順慶までが異様な行動に出たことが、心を重くしめつけてきたのである。

「との」

低い声で呼ばれ、光秀は顔をあげた。従者は背後に続いていたが、黒い影が黙黙とつき従ってきているだけである。

「吉蔵にござります。取りいそぎ申し上げたい知らせがござりますれば……」

声は馬の腹の下から聞こえていた。

「暫時お人払いを」

「よし」

光秀はうなずくと、背後を振り向いて、

「とまれ、ひと休みする」

と言った。

従者が立ち止まり、姿勢を崩して私語を交わしはじめるのを確かめてから、光秀は馬を道ばたの椎の木の下に運んだ。

「申せ」

「筑前守どの、七日姫路に帰着し、今朝出発して明石に向かいましてございます」

「なんと！」

「おそらくいま頃は、兵庫のあたりにいるものと思われます」

一瞬軀がふわりと宙に浮いたような衝撃があったのを、光秀は辛うじて馬上に耐えた。あり得ない報告を聞いた、と思った。だがすぐに、あの男ならやったかも知れぬという気がした。それにしても、どうしてそれが可能だったのか。

今日の昼、順慶の情勢を聞いたあと、光秀はすぐに丹後の細川父子にあてて書状を書いて送っている。覚書の形にしたその書状の中で、光秀は五十日・百日の内には近国を固めることが出来ようと書いた。秀吉が中国陣の大軍を率いて旋回して来るのは、時間がかかる筈だった。下手な引き揚げ様をすれば、毛利勢に追撃されて軍は四分五裂になる。

「敗けて、逃げ帰ったのではないのか」

「いえ」

抑揚のない声で、吉蔵は続けた。

「毛利方と和を結び、しかる後遽《にわ》かに陣を払った由にございます」

「しかし、あれは……」

光秀は呟くように言った。

「毛利の杉原殿のところに送った、原平内はいかがした？」

「原は海路で嵐に会い、毛利方の陣地に辿りついたのは和睦成った後のようにございます」

「使いはいまひとりいた」

「闇夜、風雨の中に陣を見誤り、羽柴方に駆け込んで捕えられました」

「しゃッ」

舌打ちとも、嘆声ともつかない声を、光秀はおぼろな闇に吐き捨てた。これまでどちらともつかず曖昧な微笑を浮かべていた運命が、くるりと背を向けたのを光秀は感じた。

その黒い背をまざまざとみる実感にとらえられながら、光秀は慌しく考えをまとめようとした。天下の主という位置に何の執着もあるわけではない。いまそのために働いているのは、信長襲殺といういわば非道な企てに加担して働いた、配下の将士への思い遣りのようなものだった。細川父子にあてた覚書の中で、近国を平定したら、あとは息子の十五郎、与一郎忠興などに引き渡して隠居すると書いたのも、ある程度本音だった。

——間に合わんな。

光秀は呻くように思った。天下を争う者らしく、秀吉とは対等の力で兵を交えてみたかった。戦場《いくさば》の駆け引きで、秀吉に遅れをとるとは思わない。だがいまの兵力では、秀吉の大軍に勝てる筈がなかった。敗れれば、ひとりの叛逆者の名が残るだけである。そのもっとも惨めな場所に、光秀を追い詰めようとして、秀吉はやってくるようだった。

「吉蔵」

「は」

「よく探った。面を見せろ、褒美をやる」

ふわりとした感じで、ひとりの男が馬の鞍脇に立った。小柄なその軀は、黒い衣裳に包まれて、夜のいろと紛らわしかった。

「寄れ」

光秀は言って、馬上から確かめるように吉蔵の腕をつかみ、鞍にひき寄せると、鎧通しを抜いてすばやくその胸を刺した。刃は抵抗もなく吉蔵の肩口から胸の内部に入り込んで、柄もとまで埋まった。

吉蔵は顔を包んだ黒い布の隙間から、驚愕した眼で光秀の顔を仰いだが、二、三度激しい痙攣《けいれん》を繰りかえすと、呻き声も洩らさず不意にがくりと首を垂れた。吉蔵の重味を、光秀はしばらく片腕に支えていた。やがて手を離すと、死骸は崩れるように椎の根もとに転がった。

吉蔵が言ったことは、あまりに重大だった。それを誰にも知られてはならない、と光秀は思った。細川、筒井、中川、高山、池田……。その誰にも知られてはならなかった。知れば彼らはすぐに牙をむくだろう。指揮下の軍団にも知らせたくなかった。幕僚も兵も、やがて明智の旗の下に天下が固まることを疑わずに、これまで働いてきている。もし今、羽柴軍が間近に迫っていると解れば、光秀に対する期待と信頼は罅《ひび》割れ、収拾のつかない疑惑と動揺が一軍を覆うだろう。

――まだ、筒井を味方につける道が絶たれたわけではない。

光秀は、秘事を封じこめた死骸をじっとみたが、やがて軽く馬腹を蹴って道に出た。

「いそぐぞ」

光秀は手を挙げて従者を呼ぶと、すぐに馬を走らせた。

天正十年六月十日。

光秀は洞ヶ峠にいて、郡山城から帰る藤田伝五を待った。

洞ヶ峠は、山城と河内の境にあり、南西に摂津、河内の野を望み、南に遠く大和郡山を窺う場所にある。今日光秀は、藤田伝五を郡山城に遣り、順慶に参陣を求めると同時に、麾下《きか》の軍団を、下鳥羽から南に動かし、宇治川、木津川を渉《わた》って洞ヶ峠に陣を置いた。

すでに摂津に入りつつある筈の羽柴軍を牽制する構えを示すと同時に、遥かに筒井順慶を威嚇したのである。

藤田伝五はまだ帰らない。

光秀は幕舎から外に出た。照りつける日がすぐに軀を焼いた。木陰の下草を刈り取り、幕を張りめぐらして本陣を置いてある。幕の内は樹の枝が日を遮り、僅かにしのぎ易いが、蒸し暑さは外と変わりない。未《ひつじ》の刻（午後二時）の日射しが地上を染め、日に炙《あぶ》られた刈草が干し草の香を撒いている。風はなかった。汗はそのまま厚い鎧の下で、肌を熱い汗が幾条かつたい流れるのを光秀は感じた。

ま光秀の焦燥が滴るように、幾らでも流れた。

――伝五は遅い。

光秀は鎧を鳴らし、足を踏みかえて西の方を眺めた。

生駒の山系から、岬のように北に突き出した丘陵に、僅かに遮られて河内の方角は明らかでない。だが摂津の方角は明らかに見え、広漠とした野の果ては、靄《もや》のようなもので地と空が曖昧に繋がれている。野を、ひと筋淀川が流れ下っている。緩やかに曲折する川が、ひとところ白く光るのは、日が摂津の方に移りつつあるのだった。

風景は暑く、そのためにむしろひっそりしてみえた。しかしその風景の奥、靄のようなものが地表を覆っているあたりに、筑前守秀吉の軍団が動いていることは疑いようがなかった。

その重圧が、光秀の心を重苦しくした。恐らく池田、中川、高山重友らの諸将は、その傘下に入ったか、入りつつあるだろうと思った。秀吉が掲げる名分が、彼等を肯かせるのである。去就に迷っている時、名分のある方に就くのは当然だった。秀吉には、そういう機微をとらえる天性の勘がある。故右府の復讐をにぎやかに飾り立て、恫喝《どうかつ》もし、利も喰わせる。恐らくその手で畿内の諸将を内側に手繰《たぐ》り込み、兵力は更に膨れ上がったとみなければならない。

光秀は、信長を討ち取った直後、中川瀬兵衛、高山重友らに出した書状を思い出した。書状の中に、どうしても弁解じみた言い方が混じるのが不愉快だったが止むを得なかった。諸将はこれに対し、そっけない沈黙で答えている。敵対はしないが、是認もしない。沈黙はそう受け取れた。説得には時が必要だろう、とその時光秀は思ったのだが、いまは手遅れになった。

ただひとり、筒井順慶は協力している。

光秀は肱《ひじ》をあげて額の汗を拭い、また軀を南に向けた。前面は甘南備《かんなび》山の鬱鬱と繁る樹木に隠れて十分に見えない。左手に、淀川に駆け込んでくる木津川の流れがみえるばかりである。

——順慶は来るか。

耳を澄ますようにして、光秀はなおもそう思った。順慶が参陣すれば、兵力も秀吉と一戦するのに不足はない。その上名分が立つ、と思った。天下を争う、この立場で戦える。だが秀吉は明後日にもこのあたりまで兵を進めてくるだろう。幕舎の中で、どっと笑い声が湧いた。幕僚たちは、まだこのことを知らされていない。

炎天の下で、刻がじりじりと燃焼して行くのを光秀は感じている。握りしめた掌の中に汗が溜まっていた。

麓から人が駆け上がってくる気配がし、槍を提げた兵が二人姿を現わした。思わず光秀は自分から足を運んだ。

「どうした」

「ただいま、藤田さまがお戻りになられました」

「よし」

光秀はうなずいて幕舎に足を返そうとしたが、思い直してその場に踏みとどまった。

　すぐに藤田伝五が草を分けて姿を現わした。平服で、同じ平服を着た供を三人後に従えている。伝五が着ている物の肩から胸にかけて、じっとりと汗が滲み出ているのを、光秀はみた。

「ただいま戻りました」

　伝五は言ったが、その表情の暗さに、光秀は胸を衝かれた。伝五は胆《きも》が太く、じっくりした物言いの出来る男で、めったに感情を表に出すことがない。その男が白日の下に曝《さら》してみせた惨憺《さんたん》とした表情は、光秀の胸を抉《えぐ》っている。

「順慶は来ないのだな」

「まず、あれへ」

　伝五は暗い表情のまま首をかしげたが、手をあげて光秀を幕舎に誘った。

　伝五は、順慶は来るかも知れないし、来ないかも知れないと言った。その報告の曖昧さは、順慶の態度の曖昧さを物語っていた。

「いま少し、はっきりしたことは解らんのか」

　深い沈黙を破って、妻木主計が憤りを押さえ兼ねた声で言った。期せずして席にいる諸将の考えを代弁した形になったが、尖った声は、言うまでもなく筒井順慶に向けられている。諸将は、筒井に背信の動きがあり、それを押さえるために洞ヶ峠まで来たと思っている。

伝五はじろりと主計の顔をみたが、平静な声で言った。

「はっきりしたことは、何ひとつ言わなんだ。筒井どの自身、まだ心を決めかねているふうにも見えた」

「奇怪だな、筒井の動きは」

四王天但馬守が言った。

「城中の動きとしては、どんなふうでござったな」

「されば、若手の者たちは、わが方に与《くみ》すべしという意見が多いと聞いた。しかし松倉、島などの重臣がいかにも慎重で、筒井どのを押さえている。先ずそうした空気でござった」

「あてにならんな」

妻木主計が吐き出すように言い、眼を光秀に向けた。

「殿、あてにならぬ筒井は後廻しにして、摂津の池田どの、高山どののあたりを説かれたらいかがでござろう」

「聞け」

光秀は胡坐《あぐら》を組みなおすと、ゆっくり幕僚の顔を見廻してから言った。

「筑前が近くまで来ている。明日あたり尼崎まで進んで来るものと思う」

妻木主計、四王天但馬守、並河掃部《かもん》らが驚愕した眼で光秀をみた。藤田伝五はむっつりと正面を向いたままだった。伝五は今朝郡山城に発つ時に、事情を知らされている。

「すると」

並河掃部が眼を光らせて言った。

「伊丹の池田どのなどは、もはや望みござりませんな」

「池田、高山、中川あたりには、筑前はすでに手を廻したとみる。筒井が味方につけば、彼等の考えも変わろうし、こちらもまだ打つ手があるが、もはや無理かも知れぬ」

光秀の言葉に、諸将は無表情にうなずいた。情勢が切迫していることを理解した暗さが表情に出ているが、動揺している様子はない。そのことが、光秀の心を僅かに湿らせた。

「山崎、八幡にいる兵をも集めて、いさぎよく一戦するしかあるまい。筑前の兵は明後日あたりには、そろそろこのあたりまで参ろう」

光秀が言うと、男たちは再び黙黙とうなずいたが、藤田伝五がふと言った。

「安土の兵を呼び寄せますか」

「間に合わぬ。いや……」

光秀は言い直した。

「その必要はない」

安土城にいる弥平次秀満の兵二千は、いま喉から手が出るほど欲しい兵力だった。だがその兵力を呼び寄せても、事態はあまり変わらないだろう、と思ったのである。

「今夜はこのまま、ここに野陣を敷き、明日まで筒井を待つ。明日も来ないときは、軍をまとめて下鳥羽へ帰る」

言い捨てて、光秀は幕舎を出た。

欲しいのは、兵力よりもむしろ名分だった。明智三軍が、叛逆の軍団として潰《つい》え去るのが無念だった。

――俺一個は紛れもない叛逆者だ。だが将も兵も、望んだのは叛逆ではなく天下だった。

筒井が参陣すれば、名分は立ち、秀吉との一戦は天下を分ける戦いとなる。筒井の兵力を加えれば、勝つのは夢ではない、と思った。

――それにしても猿め！　ぬからずやることよ。

光秀は心の中で、年来の好敵手を、自分では禁じていた筑前の異称を使って、口汚く罵った。

日はやや傾いて、摂津の野を染める日射しは濃さを増したようだった。その一角に、じりじりと迫りつつある軍団の動きが感じられた。その重圧から遁れるように、光秀は首を南に廻したが、大和郡山のあたりの空は、遥かに青いばかりだった。

不意に悲傷が光秀を摑んだ。

順慶は来ないだろう。

樹の間から、麓に敷いた陣が押したてている夥しい明智軍の旗幟《きし》が見えた。風がないために、旗幟はことごとくうなだれ、光秀の眼に葬列の旗でもあるかのように、異様に映った。

上意改まる

一

部屋に入ると、机の上に封書が置いてあるのが目についた。

片岡藤右衛門は、封書を眼の隅で眺めながら、刀を床の間の刀架に懸け、庭に面した障子を開いた。西日が斜めに庭に射し込んで、楓《かえで》や樅《もみ》の新葉を染めている。庭の隅にあまり背丈のない桜が一本植えてある。枝先まで隙間なく花をつけて、その一画だけ光るようだった桜は、もうほとんど散ってしまい、紅味を帯びた嫩葉《わかば》の間に、僅かな花片を残しているだけだった。微かな風の気配が、庭から部屋の中に動いている。

藤右衛門は、机の前に戻って坐ると封書を取り上げた。片岡様とあって、差出人の名前はないが、それは北条の娘郷見《さとみ》がよこした手紙だと解る。

――女は大胆なことをするものだ。

と藤右衛門は思った。これまでも、郷見から手紙をもらったことがある。だがいま郷見には戸沢市兵衛の伜《せがれ》との間に縁談がすすめられている筈だった。

成人した郷見と、初めて口をきいたのは、二年前の春だった。城内で御能拝見ということがあって、藩主能登守正誠が江戸から招いた能役者の演能を、家中の者が拝見した。婦人も拝見を許された。その帰りに立ち寄った茶店で顔を合わせたのである。

二人は初めて会ったわけではなかった。その前年に、藤右衛門は分家して、新たに二百石の片岡家を樹てている。だがそれまでは、いまの本家、戸沢藩家老を勤める兄の片岡理兵衛が住む家で暮らしてきた。隣家が大目付で三百石の北条六右衛門である。小さい時分の郷見が外出する姿などを、藤右衛門はたびたび見ている。だが途中から隣家にそういう娘がいることを忘れた。十を過ぎるころから剣の修行に熱中したせいもあり、また、八年前に父の杢助が死んで、家督を継いだ兄が、六右衛門と犬猿の間柄だったことも理由である。両家は、当主は勿論、若党、婢《はしため》に至るまで外で会っても顔をそむけるほどである。

数年前、理兵衛が下した処置に六右衛門が抗《あらが》い、城下の円満寺にしばらく謹慎させられたことが、両家の不和を決定的にした。

　多分藤右衛門は、郷見に声をかけるべきでなかったのだろう。だが、休んで茶を啜《すす》っていた藤右衛門の前に、中年の下婢を一人連れて現われた郷見は、あまりに臈《ろう》たけていた。その女が郷見だと解ってからも、藤右衛門が声をかけるのをためらったのも事実である。両家の不和が胸にあった。

　だが藤右衛門に答える郷見の声は、ほとんど懐かしげな響きを帯びていて、藤右衛門の心を掻き乱したのであった。その後二人はたびたび人眼を忍んで会った。その時郷見についていたはるという下婢が手曳《てび》きした。はるはその時、藤右衛門が片岡家の人間だと解ると、郷見の口を封じにかかったのであるが、後では城下端《はず》れにある自分の家を、二人が会う場所にするよう計らった。

　藤右衛門は二百石の藩士だが無役であり、城内で特別のことがあるとき以外は、登城することがない。城下にある神夢想林崎流の道場に通うぐらいである。郷見が外に出られる日に、はるの家に行って会った。

　しかし人に知られてはならない密会が続いたのは、去年の秋までである。郷見に縁談があると聞いたとき、藤右衛門は会うことを諦めた。実ることのない人恋いだと初めから覚悟している。それに十七の郷見に、戸沢家との縁談は早いとは言えなかった。

　冬の間戸沢藩城下は雪に埋もれる。人の往き来さえしばしば途絶える深い雪である。思う人を諦めるにふさわしい季節だった。二十五の片岡藤右衛門に、それが容易なわけはなかったが、雪が消え、周囲を山に囲まれた盆地に色彩が戻ったとき、藤右衛門は郷見の面影がやや遠くなったのを感じた。ただ胸の底に、昔は知らなかった暗い哀しみのようなものが残り、そのために藤右衛門は以前より寡黙になった。

——郷見は手紙などよこすべきでない。

藤右衛門は、そう思いながら手紙の封を切った。

だが読みすすむに従って、藤右衛門の顔は青白く緊張し、眼は光を帯びた。取りいそぎ一筆しめし参らせそろ、と書き出している郷見の手紙は、文字も慌しくある重大なことを告げていた。

手紙を巻き納めると、藤右衛門は縁に出て燧《ひうち》を鳴らし、火をつけて地面に落とした。それから手を拍《う》って婢を呼んだ。

「手紙が来たのは、いつ頃だ」

すぎという、まだ二十前の若い婢は、縁側の外で燃えているものに気を奪われながら、

「昼過ぎでございます」

と答えた。

「出かけてくる」

藤右衛門は床の間から刀を摑み上げながら言った。

「帰りは夜になるかも知れん。飯は帰ってから喰べる。徳平とお前は、待たずに喰ってよろしい」

人影のない裏通りを藤右衛門は急いだ。家中屋敷が並ぶ狭い通りを抜け、馬場の横を通って、一たん町の外に出ると、迂回して北に向かった。柔らかな草の芽が野道を覆い、小流れは雪解けの水に溢れていた。日射しは地を這うように低くなって、町の家家の壁を照らしている。

町端れの一軒の百姓家に、藤右衛門は入った。はるの家は、高い樹木に囲まれ、柱は太く屋根が高い、豊かな構えの百姓家である。庭から縁側に上がって、藤右衛門は奥座敷の障子を開いた。

座敷の中で、うつむいて膝の上に手を握りしめていた女が、はっとしたように顔を挙げた。

「まだ、おられたか」

藤右衛門は、座敷に踏みこみながら、肱をあげて額の汗を拭った。郷見が懐紙を差し出した。

「手紙を見た」

向かい合って坐ると、藤右衛門は短く言った。郷見は無言で男の顔を見返している。緊張して青白い顔だった。

「父御が戸沢家老の手紙を持って、江戸へ行くというのは本当だな」

郷見はうなずいた。

「では、そなたが聞いた、片岡家の大事というのを話してくれぬか」

郷見の手紙には、昨夜筆頭家老の戸沢伝右衛門が北条家を訪れて密談があったこと、密談の間に、片岡一族に対する容易ならぬ言葉があったことを聞きとめたと書いてあったが、その内容は記していなかった。

だが藤右衛門には、およその見当はついている。兄の片岡理兵衛は、頭は切れるが、よくいえば直情径行、悪くいえば粗暴なほどに我を張る性格で藩中に敵が多い。藤右衛門は日頃そのことを心配していた。

郷見の父北条六右衛門との仲違いは、お互いに相手の性格が気にいらないということで、顔を見なければそれで済むが、理兵衛は藩政の上でも、他の家老戸沢伝右衛門、本堂右近と反目している。

恐らく、千七百石の高禄で、家中第一の勢力を持つ戸沢伝右衛門が、理兵衛との長い反目にけりをつけるために、何かの行動を起こそうとしているのだ、と推察された。

大目付の北条六右衛門が、江戸へ持参する手紙というのは、多分在府中の藩主正誠に何かを訴える訴状だろう、と藤右衛門は思った。江戸には五百石で江戸家老を勤める本堂右近がいる。右近は伝右衛門の叔母を妻にしている、戸沢家の縁者であり、藩主の信頼が厚い。悪い予感がした。

――しかし、何を訴えようというのだ？

と藤右衛門は思った。

なるほど兄の理兵衛は、圭角《けいかく》の多い人間で、譲ることを知らず、人と対立する。だが藩主に訴えられるほどの悪事も、また執政としての失態もない。

「どうなされた？」

藤右衛門は微笑して郷見をみた。そこまで考えてきて、少し気持ちが落ちつくと、思いつめた眼をひたと据えて緊張している、一度は諦めた恋人が可憐に思えてきたのである。

「口に出すのが恐ろしいか。戸沢殿は何と言われた？」

「片岡さま」

郷見の小さな唇が痙攣し、眼にうっすらと涙がにじんだ。

「ご家老さまは、これで片岡一族を根絶やしに出来る。残らず腹切らせる、と申しておりました」

「……」

藤右衛門は胸に腕を組んだ。重重しい衝撃が、声を奪っていた。仮に藩主に訴えるとしても、何かの口実をこしらえて、軽いお咎めのようなものを要請するつもりだろうと思った予想ははずれて、藤右衛門には測り知れない、策謀のようなものが運ばれている気配がした。

「父は、それはなりますまい、と申しておりました。片岡さまの、亡くなられたお父上の功績をしきりと申しておりました」

片岡家の先代杢助は、やはり家老職を勤め、前藩主戸沢右京亮政盛が死去する前後、当代の能登守を相続させるために奔走し、藩存続に大功のあった人物である。

「でも父は、結局江戸に参ることを承知しました」

「……」

「どうなるのでございましょう、片岡さま」

郷見は背をのばし、膝にきちんと手を置いて藤右衛門を見つめたまま言った。その頬に、ひと筋眼を溢れた涙が光っている。

「ほかに、何か聞かれたか」

「ご家老さまは、父にむかって、中渡の百姓一揆は、片岡がそそのかしたと申しておりました」

「なるほど」

藤右衛門は腕を解いて、郷見から眼をそらした。障子にあたっていた日射しが消えている。

障子を占めはじめた薄明を見つめながら、藤右衛門は、戸沢伝右衛門がやろうとしていることが、少し見えてきた気がした。

二

領内中渡村の名主と百姓の間に、その年の検見《けみ》のことから争論が生じたのは、二年前の万治元年である。双方から藩に目安状を差し出したので、家老の戸沢四郎兵衛が詮議を担当したが、決着がつかない中に四郎兵衛は江戸詰めになった。その後を担当したのが、片岡理兵衛である。

理兵衛は、担当が代わると即座に名主側を罷免《ひめん》して、一年越しの訴訟にけりをつけた。前任者の戸沢四郎兵衛は、理兵衛の妻女の兄であり、理兵衛は訴訟の内容を義兄から詳細に引き継がれている。義兄がし残したことを、例によってやや性急に決着をつけたのであるが、はた目にはそれが無雑作に過ぎる判決と映った。

もちろん中渡村の百姓一同は大喜びしたが、名主側は不満を持った。事実担当が理兵衛に代わってから、一度も詮議というものがなされていない。名主側は二ノ丸様と呼ばれている、藩主正誠の義母天慶院を頼り、詮議のやり直しを訴えたのである。

天慶院は先代右京亮政盛の寵愛《ちょうあい》が深かった女性で、生んだ女子の一人は、伊予大洲藩六万石の加藤出羽守泰興に嫁ぎ、一女は先に死去した越中守定盛の内室であった。定盛は鳥居右京亮忠政の次男で、又三郎忠定と称した人物である。戸沢家に婿に迎えられて越中守定盛と名乗り、次代藩主となる筈だったが、寛永十八年二月三十四歳で死亡した。当主の正誠が生まれたのは、その前年のことである。

定盛の内室、加藤出羽守の内室は、正誠からみて異母姉にあたる。ことに正誠が戸沢藩を継ぐときに、父の政盛の意志は別にあったのを、家老の片岡杢助が加藤出羽守を頼り、当時九歳だった正誠の相続に漕ぎつけたといういきさつがあった。

正誠からみて、二人の異母姉、ひいてはその母の天慶院は粗略に出来ない立場の人たちである。加えて天慶院は、政盛が晩年江戸で病床についた八年間、実質的に領内仕置きしたという実績がある。後継者とされた定盛は死去し、正誠は幼年で、まだ父子対面もない身分であるのに、当主は江戸出府のまま死床についているという不安定な藩を仕切って、そよりとも揺がせなかった。往昔の鎌倉の尼将軍にくらべる声が、藩内にあったほどである。

正誠が藩主となってからは、勿論藩政から手をひき、いまは二ノ丸の奥深く閉じこもっているが、天慶院の名は、藩内でまだずしりとした重味を持っている。中渡村の名主が、天慶院に縋《すが》ったのは、こうした藩政に押しがきく勢力を頼んだわけだが、中渡村が、天慶院の娘である加藤出羽守の内室の知行所になっている縁を頼ったのでもある。

政治好きの天慶院は早速動いた。すぐに片岡理兵衛を呼んで、再度詮議をつくすように言ったが理兵衛は肯《うべな》わない。数度にわたる天慶院の要請を、理兵衛は結局撥《は》ねつけて通した。このことは、江戸にも聞こえて、昨年秋家老戸沢伝右衛門が出府した時に、出羽守の内室から訴えがあり、伝右衛門は国元へ帰ると、早速吟味にかかったのである。

この間に、最初に訴訟を扱った戸沢四郎兵衛は病死している。伝右衛門には、片岡理兵衛の独断的な処置がみえているだけである。伝右衛門は、帰国して正誠に事情を告げると、中渡村の百姓に対し、城まで出頭するように命令を出した。しかし呼び出しをうけた百姓たちは、半ば恐れ、半ば不満で、たびたびの命令にも村を出ようとせず、城下に来たのは、年が明けた万治三年の正月になってからだった。

そのときも、百姓たちは代官の小山田市助の屋敷まで来たものの、伝右衛門の屋敷に行くのを拒んだので、市助は手代を使って百姓を捕え、牢舎に入れた。伝右衛門が命じたのである。その時一部の百姓は逃げたが、主だった五十七人が捕まって牢舎に入れられた。

この捕物騒ぎのとき、曲川の久兵衛は、子供で中渡村の百姓のお供をして一緒にきていたが、騒ぎが始まると、錆びた小脇差を抜いて、小山田市助に斬りかかった。百姓たちが、小山田は戸沢家老方の悪人だと、陰で噂していたのを聞いていて、子供心に小山田を憎悪したからである。久兵衛は、鼻ねじり棒を持った代官手代に、したたかに腕を打たれ、組み伏せられてしまった。

片岡理兵衛が行動を起こしたのは二月になってからだった。理兵衛はまず在城中の藩主正誠に牢舎の百姓どもの赦免を願い出たが正誠に却《しりぞ》けられると、天慶院に目通りを願い出た。

天慶院に会うと、理兵衛は、殿に百姓赦免を願い出たがお許しがない。この上は江戸へ上って加藤出羽守様に委細を申し上げ、それで埒《らち》があかない場合は、幕府老中まで目安状を上げても是非の決着をつけてもらうつもりだ。しかしそうなれば能登守さまの身代も危うくこれ有るべし、と言った。恫喝《どうかつ》である。

だがこの恫喝に、天慶院は仰天した。理兵衛の性格は熟知している。やりかねないと思ったのである。天慶院はいそいで正誠に会い、ここは理を非に曲げても、百姓を牢から解き放った方がいいと主張した。

こうして天慶院を恫《おど》し、天慶院がその日のうちに正誠に会ったのをみると、理兵衛は夜になってから、登城して今度は正誠に会った。

中渡の百姓一同は、捕えられた百姓五十七名が牢から出されないならば、一揆も辞さない覚悟で神文を交わしている。恐らく明日の鷹野の途中で、殿に訴え出ることになるだろう、と理兵衛は言った。言葉は多少柔らかいが、これも恫喝に似た言い方だった。

果たして翌日、鷹野から帰る正誠の一行は、黒黒と寄り集まった中渡の百姓たちに道を塞がれ、百姓赦免の訴状を受け取らざるを得なかった。捨てて置けば一揆の騒ぎになり、幕府から領内の仕置きを云云される、と正誠は判断したのである。帰城すると、すぐに戸沢伝右衛門を呼び、捕えてある百姓を、牢から出すように命じた。

しかし伝右衛門をなだめてその処置をとったものの、若い正誠には無念な気持が残った。片岡と百姓たちの恫喝に屈したという思いが、二十一歳の藩主の誇りを傷つけている。

熟考した末に、正誠は理兵衛を城中に呼んだ。願いの通り、入牢中の百姓は村に帰した。しかし一人二人で目安を提出するというならとも角、徒党を組んで強訴したのは許し難い。これまでの仕置きというものがある。百姓どものうち、頭分の者を一人だけでよい。入牢させるよう図らえ、と正誠は言った。

ここで片岡理兵衛は、藩主の傷ついた誇りに気づくべきだったのであろう。だが理兵衛には、一度自分の掛りで決着をつけた公事に、藩主といえども口出しはさせない、という片意地な気持ちがあるだけである。

「百姓どもは、一度ならず四度まで神文を交わし、血判を廻して、固く一味同心致しており申す」

と理兵衛は言った。

「一人なりとも、入牢申しつけるというのは無理でござろう。また強いて申しつければ、我が藩のために悪しかろうと存ずる」

言い放しのまま、理兵衛は正誠の前を下がって行った。傲岸さが貼りついているようなその背を、正誠は思わず唇を嚙んで見送った。初めて理兵衛に対する憎悪が兆すのを、正誠は感じていた。

片岡理兵衛と戸沢伝右衛門の決定的な対立が噂されたのは、この一件の後である。これまでも、両者に対立がなかったわけではない。個個の藩政上の意見の喰い違いで、両者はしばしば衝突した。理兵衛は我意が強く、伝右衛門には筆頭家老としての過剰なほどの誇りがある。

小さな争いのつど、両者は相互に傷ついたが、中渡村の百姓一件で、片岡理兵衛は思う存分我を張り通して、勝った。名主と百姓の争いで、百姓に理があることは動かないという判断が理兵衛にはある。死んだ戸沢四郎兵衛もそういう見方をしていた。我を張り通す理由がある。

いわば大義名分を背負って我を張る機会に恵まれたのである。理兵衛はひとつも譲らず、伝右衛門はおろか藩主までへこませた。理兵衛は爽快な気分になり、そのことで傷ついた人間のことを考えなかった。

だが事実はこの事件が終わったとき、理兵衛は爽快な気分と引き換えに、強力な三人の敵を作ったのであった。

戸沢藩には家老が四人いる。筆頭家老千七百石の戸沢伝右衛門、七百石の井関内蔵助、五百五十石の片岡理兵衛、五百石の江戸家老本堂右近である。このうち井関内蔵助はまだ若年で、深く藩政に参画するまでになっていない。理兵衛は戸沢伝右衛門、本堂右近という強大な実力者を敵に廻すことになった。本堂はさきに述べたように、伝右衛門の縁続きである。そして中渡村一件を通して、藩主正誠が敵の位置に廻ったことを、理兵衛は気づいていなかった。

一揆が暴発することもなく、中渡村の訴訟はおさまり、戸沢藩内は平静に返ったようであった。山野の雪が消えた三月末に正誠は新庄を出発し、四月三日に江戸に着いた。

中渡村の訴訟騒ぎと、そこで演じた兄の役割を、藤右衛門は概略承知している。例によって強引なやり方を心配して、事件の途中、次兄で百五十石の小林家を継いでいる多兵衛を同道して兄に会い、それとなくやり過ぎを誡《いまし》めたことがある。だが理兵衛は、弟たちの心配を歯牙にもかけなかった。

「何を言うか」

と言った。父親似で、固肥りの体軀をもつ理兵衛の顔は、照りかがやくような活力に溢れていた。

「理はこちらにある。戸沢が再吟味にかかるのを、指をくわえてみていられるか。当方には一言の挨拶もなしにしたことだぞ。見過ごしては片岡の家名が廃《すた》るわ。再吟味を許した殿も殿だ。やはりまだお若い」

「兄上に道理があるのは、我らも承知してござる」

と藤右衛門は言った。「しかし二ノ丸様を恫したやり方は、すでに藩中に洩れ聞こえて、評判悪しゅうござるぞ」

「恫した？」

理兵衛は薄笑いした。

「婆さまが勝手に驚いたのだろう。賢《さか》しげにあの人を頼った名主の腹が憎いから、まずそちらを叩いたまでよ。あのあたりを頼って、頭を押さえつけようとしても、そうはいかんということを見せてやったのだ。見ていろ、藤右衛門。いまに伝右にも殿にもひと泡吹かせてやるぞ」

いま郷見の言葉を聞きながら、藤右衛門は、その時の兄のいやに張り切った表情と、その顔を見守りながら、逆に高まった危惧を思い出していた。

中渡村の始末を通して、藤右衛門は、兄はやはり勝ち過ぎたという気がしている。百姓側に理があり、それを勝たせた裁きに間違いはないという、兄の言い分は恐らく正しいのだろう。だが再吟味の話が持ち上がったとき、兄は周囲との談合を通して、主張の正しさを納得させるべきだったのだ。理兵衛はそうしなかった。最も理兵衛らしいやり方で片づけた。

そのことを不快に思っている人間がいるだろうことが、容易に想像された。しかしなるほど兄は強引なやり方で、周囲はおろか正誠までやり込めた形で収拾したが、それが罪であるとはいえない。兄は非道を働いたわけではない。

――腹切らせるとは、どういう意味だ。

藤右衛門は、また深深と腕を組んだ。

戸沢伝右衛門の口から、その言葉が洩れた以上、それに相当する理兵衛および片岡一族の、罪状が決まったと見なければならない。そう思ったとき藤右衛門は、中渡村の一件が収まった後の、戸沢伝右衛門の不思議な沈黙が読めた気がした。

ことごとに意見の合わない政敵の、完璧ともいうべき勝利を見ながら、伝右衛門はひと言の反駁《はんばく》も公けにすることなく、早春の季節を屋敷に閉じこもっていた。その間に、伝右衛門は、理兵衛以下一族の罪状を案じて過ごしたのだ。そしていま、その罪をまとめ記した訴状を江戸藩邸に上がらせようとしている。恐らく江戸には、その書状が送られてくるのを待っている者がいる。

そこまで考えて、藤右衛門は密かに身顫いした。待っているのは、江戸家老本堂右近かも知れなかった。しかしあるいは藩主正誠本人かも知れない、とふと思ったのである。もしそうであれば、訴状ではなく、片岡一族覆滅《ふくめつ》の陰謀を記した密書である。

不意に、殺意が動くのを感じた。

――その密書を、江戸にやってはならない。

六右衛門を道の途中に邀撃《ようげき》する想像が、頭の中に描かれている。密書が、江戸に届いてしまえば、やがて片岡一族に容易でない災難がふりかかってくる気がした。喉が渇くように、記された中味を見たい気持ちが募ってくる。

「片岡さま」

郷見の声に、藤右衛門は深い物思いから呼び返された。

「わたくし、戸沢さまからの縁談はお断わり致しました」

「………」

「お許し下さいまし。あなたさまのことが思い切れませぬ」

薄闇の中に、郷見の表情は沈んで、白い面輪が見えるだけである。その暗さが、女を大胆な物言いに誘っているようだった。

「父御は、いつ江戸に行かれると申した？」

「父ですか？」

郷見が、首をかしげるのが見えた。

「父なら、今朝早く江戸に向かいました」

張りつめた気分が、一度に崩れるのを藤右衛門は感じた。すると、賽《さい》はすでに投げられたのだ。敵方の行動は、意外にすばやかったようである。

藤右衛門は苦笑した。それを言うのが遅かったと、郷見を責めることは出来ない。

「ござれ」

藤右衛門は手を伸ばした。郷見がすばやく膝をすすめ、身を投げかけてきたのを、藤右衛門は深ぶかと胸に抱き込んだ。

嗅覚に馴染んでいる、女の肌の香に包まれるのを藤右衛門は感じた。冬の間に培ったはずの禁欲的なものが跡かたもなく姿を消し、その後に、女の白い肌が立ち現われるのを藤右衛門は見た。別れを言いきかせた夜、藤右衛門は初めて郷見と肌を合わせ、灯の下に繊細な光をちりばめたようだった女の肌をみている。

「それがしも、よう思い切れなんだ」

「嬉しゅうございます。またお会いできて」

郷見は、藤右衛門の胸に顔を埋めたまま呟くように言った。

「もうお会いすることは叶わないものと思っておりました。辛うございました」

郷見は、ただ俺に会いたいだけで、ここに呼び出したのかも知れない、と藤右衛門は思った。江戸に行った父も、片岡一族も、すでに念頭にないように、郷見は小さく呼吸を乱して眼をつむっている。だがたとえそうだとしても、女の中にひそむその愚かしさは、藤右衛門の胸を打つ。

はるの家の者は、こちらが呼ばない限りこの部屋にくることはない。薄闇が漂う中に、藤右衛門は静かに女の身体を横たえた。

「もしも」

不意に、郷見が言った。

「片岡さまに何かございましたら、わたくしも生きてはおりませぬ」

女の頰を、両手で挟んだ藤右衛門は、やがてその掌が、夥《おびただ》しい涙に濡れるのを感じた。

三

「くだらん心配はやめろ」

と理兵衛は言った。理兵衛は僅かに酒に酔っている。客が来て酒を酌んだ後である。客は万年寺の隠居、三道和尚だった。和尚を送り出すまで、多兵衛と藤右衛門は待たされた。

「せっかくの酒が醒める。どうだ、それより貴様らも酒を飲まんか」

「いや、兄者。その前にお話を」

と多兵衛はいった。小林家を継いでいる多兵衛は、兄に似ない温和な性格の人間であるが、藤右衛門の話を聞くと、即座にそれを信じたようだった。さも、ありなん、と呟いて、藤右衛門を驚かしたのであった。

「何の話だ。伝右の陰謀などという話ならやめろ。よしんば何か企んだとしても、この儂《わし》を奴がどうできる」

「しかし藤右衛門は、戸沢殿が江戸に訴状を送ったということを、確かな筋から掴んだと申している」

「確かな筋だと？」

理兵衛は眼を光らせた。

「何者だそれは？」

「……………」

「何だ？　兄にも言えぬ筋などというものがあるのか。そんなものは信じるに足りん」

多兵衛が、藤右衛門の膝をついて、言えよ、と囁いた。

「女子でござる」

と藤右衛門は言った。

「女だと？」

理兵衛は藤右衛門をじっとみた。

「どこの女だ」

「それは言えませぬ」

「馬鹿めが！」

理兵衛は舌打ちした。

「女子供が言うことを取り上げて、陰謀の何のという話を持ち込みよって。お笑いぐさだ」

「いや、信用の出来る女子でござる」

「だからどこの女だと申しておる」

おい、言ってしまえ、と多兵衛がまた膝をつついた。

「隣の北条の娘でござる」

「おのれ、藤右……」

理兵衛の顳顬《こめかみ》に青筋が膨れ上がった。

「貴様、いつから北条の娘などと親しくなりおったか」

「……」

「許さんぞ。六右衛門との不仲を知っていて、儂を踏みつけにしたな」

「本家、本家」

多兵衛が手を挙げて制した。

「娘はともかく、北条殿が江戸に上られたのはご存知であろう」

「知っておる」

むっつりと理兵衛は答えたが、眼はまだ藤右衛門を睨んでいる。

「北条は、殿にご縁組の話があるゆえ、模様を伺いに江戸に行った」

「訴状は、北条殿が持参したと、娘が申している。信じぬわけにはいくまい」

理兵衛は口を噤《つぐ》んで天井を見上げた。燭台の油が、さっきからジーッと耳障りな音を立てている。

不意に理兵衛が言った。

「何の訴状だ？」

「さあ、それは解りかねます。しかし北条の娘は、戸沢殿がこれで片岡一族を腹切らせると申したのを聞いております。な？」

多兵衛は藤右衛門を振り返った。

「そうだろ？」

藤右衛門はうなずいた。理兵衛は二人の顔をじろじろ見たが、やがて腕を組んだ。

「妙な話だ」

「しかし事実でござる」

「いや、多兵衛。妙だというのは、だ。何の咎《とが》でそういうことが出来る？」

「……」

「儂は腹を切らねばならんほど、悪いことはしておらんぞ」

多兵衛は何か言いかけたが、一たん口を噤んでから静かに言った。

「だから戸沢殿の陰謀だと申している」

「たわけた話だ」

「兄者」

藤右衛門が言った。

「いまごろ江戸では、訴状を手にしているかも知れん。やがて何らかの処分が来るものとみた方がいい。我われも即刻何らかの対策を立てて動くべきです」

「何の対策だ？」

「自滅を待つことはありません。江戸からご沙汰が下る前に、戸沢殿を襲って幽閉するとか……」

「馬鹿な言いぐさは止めろ」

理兵衛は苦にがしい顔になって言った。

「たかが女の告げ口でそのようなことが出来るか。家中争闘すれば、災いは、戸沢藩全体に及ぶぞ。幕府に咎められればどうする」

不意に藤右衛門の頭に閃《ひらめ》いたものがあった。それだ、と思った。戸沢伝右衛門が、江戸に密書を送り、藩主正誠に処罰を要請するという、迂遠な方法をとった理由はそこにある。家中争闘を避け、罪臣を処罰するという形をとろうとしているのだ。そう思うと、戸沢伝右衛門の策謀は、いよいよ動かないものに思えてきた。そして、その策謀にあるいは正誠が一枚嚙んでいる。

だが理兵衛は言っていた。

「よし、考えてみよう。だが本当だとすると、よほど馬鹿げたことを考えたものだ。そんなつくりごとで、片岡理兵衛をへこませることは出来んぞ。それよりも藤右」

「……」

「北条の娘などと乳くり合ったら、貴様ただでは済まさんぞ。二度と会うことはならん。わかったか」

片岡の屋敷を出ると、闇が二人を包んだ。

「提灯《ちょうちん》をもらってくればよかったな」

と多兵衛が言った。

二人はゆっくり歩いた。兄弟の屋敷はすべて石川町の中にある。急ぐことはなかった。北条六右衛門の屋敷の前を通りすぎるとき、窓に灯の色が見えた。

——郷見だ。

なぜか藤右衛門は、灯の色の主をそう思った。無性に女の顔を見たい気持ちになっていた。一度禁忌を解いてしまうと、堰を切って流れる水のように、女にむかって流れる気持ちがある。はるの家の薄闇の中で、のけぞった女の白い頸を思い浮かべていた。

見えない地平線の向こうに、微かに鳴る遠雷を聞いているような不安が、心の中にある。その音は、雷とも風の音ともとれ、またしばらくは掻き消えて、しかとは聞き取り難い。だがそこには何かが動いていることは、まず間違いなかった。

その気配が重苦しく心を圧迫している。郷見に心が向かうのは、その不安のせいかも知れなかった。

「兄者はどう思う」

沈黙に耐え切れなくなって、藤右衛門は言った。

「やはり江戸からお咎めが来ると思うか」

「間違いなく来るな」

と多兵衛は言った。その断定的な口調が、藤右衛門を驚かせた。多兵衛の耳にも、微かな遠雷の響きが聞こえているのだろうか。

「なぜそう思われる?」

「兄者は人に憎まれている」

ぽつりと多兵衛は言った。

「お前は聞いておらんだろうが、俺は死んだ父上が、人にこういうことを言ったと聞いている」

ある時片岡杢助は、そばにいた人間にむかって、「理兵衛は末末見届けざる者だ」と言った。不意に洩れた言葉のようだった。

聞いた者は驚いた。片岡家は名門であるが、理兵衛は若いながら頭脳の切れる男という評判を聞いている。片岡家の後継者として不足なところはないものと思っていた。その人は、意外な気持ちをそのままに、「理兵衛殿は利発な人だと、家中で評判している。なぜ、そのようなことを言われるか」と聞いた。

杢助はしばらく黙っていたが、少し苦笑して「あれは我を立てる気質がある。その気質のために、重職などは勤まらないだろう」と答えた、という。

「それは初めて聞いたぞ」

と藤右衛門は言ったが、多兵衛がいま考えていることが解るような気がした。

「しかし憎んでも、確かな罪がない以上、罰することは出来ますまい」

「お前、本気でそう思うか。それは甘いぞ」

「……」

「人は殺したいほど相手を憎むことがあるのだ」

二人は立ち止まっていた。武家屋敷が続く道は、濃い闇に包まれていて、塀にはさまれた道が僅かにほの白く見えるだけだった。月も星もない夜だった。闇の中に、嫩葉の匂いが、息苦しいほど濃く漂っている。

「罪をこしらえてもか、兄者」

「そうだ」

多兵衛の低い声が答えた。

「本家はいつもやり過ぎる。わが思うとおりにやらないと気が済まんお人だ。まわりの人間のことが眼に見えん。だから人を傷つけ、人に憎まれる。よしんば正しいことをやっても、他の人間は、本家が我意を通したとしか思わん。結果がたまたま正しかっただけだと」

「……」

「本人は気づいておらん。自分の性癖にも、人の憎しみにもな」

片岡の屋敷で、理兵衛が腹を切らねばならないような、悪いことはしていないと言ったとき、多兵衛が何か言いかけたのは、このことだったかと藤右衛門は思った。

「我われはどうしたらよい？」

藤右衛門の問いに、多兵衛はすぐには答えなかった。少し沈黙した後で、多兵衛の静かな声が答えた。

「片岡一族として、恥ずかしからぬ進退を心がけるしかなかろう」

四

江戸桜田の戸沢藩藩邸で、三人の人間が会っていた。

「まずざっと、このようなことでございます」

江戸家老本堂右近は、戸沢伝右衛門からきた訴状を、藩主正誠に捧げ渡した。右近はやや緊張した顔をしているが、正誠はほとんど無表情で受け取った。

明るい灯火に照らされた訴状には、伝右衛門が記した片岡理兵衛の罪状が列記してある。真室領京塚村などで、田野の扱いに私曲があった。三ツ沢村新田百姓次兵衛が目安を提出したのに対する扱いが理不尽であった。鉄炮使用を禁止されているのに、藩主が参府するのを待って、鉄炮で雁鴨を射ち殺したなど十二カ条の罪状が記されていた。勿論その中には、中渡村の百姓一揆のことも含まれている。

伝右衛門の訴状は、中渡村の百姓が四度まで神文を交わし、血判を廻したことまで承知しているのは、理兵衛が百姓どもと内談していたことに紛れもない、理兵衛こそ一揆徒党の頭取で、逆臣第一の者というべきだと記していた。

記された罪状の間から、一人の傲岸不遜な男の姿が、影絵のように立ち現われるのを、正誠は黙然と見つめた。中渡村の百姓一揆の始末で、その男から受けた屈辱が甦ってくる。

本堂右近が声をかけた。

「いかがでござりますか」

「右近、ここを読んだか」

夢から覚めたように正誠は言い、訴状をつついた。

「中渡村の百姓がことだ」

「は、読みましてござります」

「伝右衛門が書いているとおりだ。片岡は、儂が鷹野に出る前の晩城へ押しかけてきて、明日は鷹野の途中に、百姓どもが訴訟に出るだろうと脅した。その通りじゃった。今にして思えば、片岡が百姓の動きをそこまで知っておったのが不思議じゃ」

「恐らく片岡が手を廻して、百姓を焚きつけたに相違ございませぬ」

「憎い奴だ」

「恐れながら」

不意に襖際から声がした。そこに坐って、黙然と様子を見守っていた北条六右衛門が口をはさんだのである。

「六右衛門か。存念があるなら、こちらへ寄って申せ」

と正誠が言った。膝行《しっこう》して、六右衛門は二人のそばに寄った。

「中渡村の百姓騒動に、片岡がテコ入れしたことは、まず間違いございますまい。お見込み通りと存じます。即ち殿に対する不敬の罪は免れませぬ」

「………」

「しかし、伝右衛門殿が言われるように、片岡が悪心を抱いて一揆を煽り、殿に逆らったかと申せば、そこはちと事情が異なりましょう」

「どう違うのだ、六右？」

「それがしがみるところ、片岡は稀代の我儘者に過ぎませぬ。あの騒ぎも、百姓を使ってまで、己が我意を貫いたものと見受け申した」

「……」

「なおこの際申し上げますなら、伝右衛門殿が並べたてた片岡が罪の条条、大目付として言えばちと不審がござります。柄のないところに何とやらの気味合いもござる」

「北条」

本堂右近が、きっとなって六右衛門に膝を向けた。

「尊公は一体どちらの味方だ？」

「どなたのお味方でもございませぬ」

六右衛門は、穏やかな口調のまま、きっぱりと切り返した。

「それがしは殿のお言いつけによって、大目付の職分を勤める者。家中の非違を匡《ただ》すのが役目でござる。多年片岡とは喧嘩の間柄でござるが、そのために依怙《えこ》の扱いをするつもりはござらん」

「……」

「片岡と仲悪しいために、それがしを味方と眺められるのは、伝右衛門殿、本堂殿の誤りでござる。それがし、この訴状を江戸に持参したのは」

「……」

「このような曖昧な罪を数え立てて、片岡に腹切らせることは難しかろうと申し上げるためでござる」

「しかし北条」

本堂右近が険しい表情で言った。

「これだけの罪状を、戸沢殿が虚偽を申し立てたとは言えまい」

「嘘偽りとは申しておりませぬ。曖昧だと申しあげている。十分なお調べが必要でござろう。お許しがあれば、それがし探索致してもよろしゅうござる」

「六右衛門」

正誠が口をはさんだ。

「しかし片岡は無礼な男だ。日頃腹に据えかねているところは、百姓騒ぎで儂を踏みつけにしおったやり方だ。もはや見過ごしは出来んぞ。あの人もなげな面つきをみるのは倦《あ》きた」

「ご寛大の処分をお願い申し上げまする」

北条六右衛門は、手を畳に滑らせて頭を下げた。

「理兵衛は、なるほど面憎い男でござりますが、片岡家は先代杢助のお家に対する大切がございます。潰すことはなりませぬ」

「それを言うな」

正誠は苦い表情になって、顔をそむけた。

「それがあるために、儂も我慢を重ねてきておる」

先代藩主政盛が江戸藩邸で病み、やがて重病の報せが届いたとき、家老片岡杢助は重大な決心をした。

当時千代鶴と名乗って故郷で養われていた正誠を、江戸に伴って父子の対面をさせようと思ったのである。慶安元年正月のことであった。

千代鶴は、母は西町に屋敷がある楢岡左馬頭の娘で、当時九歳であったが、政盛には、千代鶴に家督を譲る気持ちはなく、死んだ越中守定盛の娘於風に婿養子を取るつもりでいた。幕府にもそう届け、ほかに実子はいないと言い、千代鶴のことを公けに披露する気持ちはなかったのである。

政盛が病気になってから、家中の者の間に、千代鶴を江戸に上らせて、父子対面をさせるべきだという意見が高まったが、政盛はなぜか堅くそれを禁じた。

しかし江戸の藩公の病状が改まるという報せを聞いて、片岡杢助は、これが父子対面の最後の機会だと感じた。千代鶴に片岡杢助、相馬佐六らがつき添い、新庄を出発したのが正月九日である。

難渋をきわめる雪の道を、奥州関宿まできた一行に、江戸藩邸からきた飛脚が一通の書状をもたらした。開いてみると、藩公政盛からの書状である。千代鶴を江戸に上らせること堅く無用、もし強いて上らせようとするなら、供をしてくる者はすべて腹切らせるという激しい文面であった。

杢助は、長い間書状を見つめた後で、相馬佐六以下を呼び、新庄に帰るから手配するようにと言いつけた。その後で杢助は千代鶴に会った。このように江戸の殿から申されてきている。新庄へお帰りになられるか、と言ったが杢助は少し声が顫えた。ここまで来て、目的を果たさずに、雪の中を新庄まで帰るか、と思い、また父に拒まれて故郷に埋もれるのが、千代鶴の運命かとも思ったのである。

千代鶴は、そういう杢助の顔をじっと見つめたが、やがてここまで来て新庄に戻る気はない。何としても江戸へ行くぞ、と言った。九歳の子供ながら、子供なりに分別を決めたきっぱりした口調だった。

迷いが一度に晴れるように杢助は思った。千代鶴にその決心があるなら、たとえ江戸で腹を切らされることになろうとも、父子対面を果たさせずにはおかないという覚悟が決まったのである。

結果的には、その時片岡杢助が運んだ父子対面が、戸沢藩の存続を決めることになった。

というのは、政盛は、女婿の大洲六万石加藤出羽守を杢助が頼んだこともあって、案外な機嫌のよさで千代鶴と会ったが、その四日後に死歿、また政盛が婿を迎えて後を継がせようとした孫娘の於風も、同じ日に病死するという不運が戸沢藩を襲ったからである。後を継ぐ者は千代鶴のほかにいなくなったのであった。

ただ公儀に実子披露を済ませていなかったために、千代鶴の跡目相続は難航した。難航はしたが、父子対面を済ませている事実を、幕府は無視出来ない。領内の物成《ものなり》を幕府が収納し、貧窮に耐えかねて家中で欠落する者が続出するという時期があったが、藩断絶には至らず、その間片岡杢助以下重臣が必死に幕閣に働きかけた結果、二年後の慶安三年八月七日、千代鶴即ち能登守正誠に家督相続の許し、戸沢藩六万石の存続が決定された。それを報せる飛脚が、新庄についたのは四日後の十一日の戌《いぬ》の刻（午後八時）、新庄の城下が夜の闇に包まれている時刻だった。

「杢助の功績は忘れられん。かの男によって儂があり、戸沢藩がある。しかし理兵衛は憎くてならんのだ」

「殿」

本堂右近が、思いつめた表情で正誠ににじり寄り、声をひそめた。

「病気という名目で、私を国元にお帰し下され」

「国へ戻ってどうする？」

「理兵衛に会い、その場で喧嘩をしかけて討ち取り申す。あとは本堂乱心ということで、それがしに切腹をお命じになれば、殿の御無念も晴れ、片岡の家も続き申そう」

「それはならん」

正誠は叱りつけるように言った。

「そのようなことはならんぞ、本堂。北条もいま本堂が申したことは他言するな」

「……」

「出羽殿にも一応相談をかけ、理兵衛が処分は、なお考えてみよう。六右衛門、大儀であったな」

五

万年寺の隠居僧三道が、戸沢伝右衛門の屋敷に入るのを、片岡藤右衛門は木陰から見つめた。

門を潜る前に、和尚はちらと往来に眼を配ったようであったが、藤右衛門には気づかなかったようである。ゆっくりした足どりのまま、少し前屈みの姿は門の内に消えた。

——間違いない。

藤右衛門は隠れていた欅の大樹から離れながら、そう思った。

三道和尚が、このところ頻繁に本家に出入りしていると聞いたのは、嫂《あによめ》からである。兄の理兵衛に訊ねると、格別の用はないが囲碁を囲んだりして、雑談して帰るという。しかし和尚は、次兄の小林多兵衛の屋敷にも現われ、また留守中の藤右衛門の家にも現われていた。藤右衛門の胸に、和尚に対する疑惑が生まれたのは、道場に行っている留守に、自分の家にまで来たと聞いたときだった。

三道は死んだ父の杢助と懇意にしていたから、本家に出入りするのに不審はない。藤右衛門が分家する前にも、時どき姿を見かけている。だが藤右衛門の屋敷にきた三道は、女中のすぎに、藤右衛門はいつ頃道場に出かけ、いつ頃戻るか、夜は家にいるか、本家、次兄の小林多兵衛との往き来はどうかなどと訊ねている。たわいもない世間話のようにも思えた。しかしすぎは、顔をしかめてこうも言ったのである。

「裏口に廻ったり、庭に入りこんだり、あちこちと、この屋敷を眺めておいでした」

三道和尚は、戸沢伝右衛門が放った間者ではないかというのが、藤右衛門の疑惑だった。そう思って、その位置に和尚を据えてみると、片岡兄弟の動きを探るのに、和尚はうってつけの人間だったのである。

戸沢伝右衛門は、江戸からもたらされる沙汰を、耳を澄ませて待っている筈だった。そして沙汰が届き次第、ただちに行動に移るつもりでいる。そのために伝右衛門は、片岡一族の動きを、掌中に握って置く必要があるのだ。そう考えると、疑いは濃くなるばかりだった。

今日、藤右衛門は兄の家に行き、訪れてきた三道和尚が帰るのを待って、跡を蹤《つ》けたのである。

和尚の行動が、あまりに推測どおりだったことに、藤右衛門は驚いていた。いま頃、和尚は戸沢伝右衛門と、本家の様子を話し合っているに違いないと思うと、静かにふくれ上がる怒りがあった。

——思うがままにはさせんぞ。

何かの異変が起こるのを、じっと待っているしかない苛立ちが、若い藤右衛門の怒りを煽っている。戸沢伝右衛門は、屋敷に閉じ籠ったままだが、その間に打つべき手を手落ちなく打っているようだった。しかも兄の理兵衛は、いまだに伝右衛門の策謀を信じようとしない。何事であれ、理兵衛は眼に見えるものでないと信じないのだ。眼に見えてきたとき理兵衛の思考と感情は激発して動く。だが、今度の場合、それでは遅いのだ。

歩いている間に、心が決まった。藤右衛門は万年寺に向かった。

門を入り、境内の植込みの間を歩いていると、箒《ほうき》を手にした寺男に挨拶された。腰が曲がり、半白の髪をした老爺だった。

「ご隠居はおられるか」

と藤右衛門は聞いた。へ？　と言って老爺は耳に手をあてて藤右衛門を見上げた。耳が遠いようだった。その眼に、目脂《めやに》と涙が溜っているのを見ながら、藤右衛門は少し大きい声でもう一度繰り返した。

「今日は昼過ぎからお出かけでございます」

と老爺は言った。

「どこへ行かれたな？」

「へい。何でも瑞雲院様に行くと申されました」

瑞雲院は藩主家の菩提寺である。三道和尚は寺の者にも、自分の行動を隠しているようだった。

「それでは、また参る」

藤右衛門は門の方に行きかけたが、ふと思いついて訊いた。

「この寺に、戸沢伝右衛門殿が墓参に参ったのを見かけたことがある。縁故の者の墓があるのか」

「ございます。ご案内しましょうか」

「いや、案内はいらぬ。伝右衛門殿は、今度はいつ参られる？　知らぬか」

「月末と決まっております」

いいことを聞いた、と藤右衛門は思った。

——思うようにはさせん。

門に戻って、内側の壁に背を凭《もた》せかけて立つと、藤右衛門は声に出さずに呟いた。新葉に日射しが踊っているが、光は強くはない。日は傾いて、樹の間から見える本堂の屋根が、か黒く聳《そび》えている。

三道和尚が帰ってきたのは、境内を染めていた日射しが、しぼむように色を失った頃であった。ゆっくりと門を通り過ぎた背に向かって、藤右衛門は低い声をかけた。

「だいぶ手間どったようですな」

ぎょっとしたように、三道が振り向いた。皺の多い小さな顔は、しかしすぐに平静な表情に戻った。

「戸沢殿とは、話が弾まれたか」

「何のことかな、藤右衛門殿」

「いや、和尚から片岡の屋敷のことを耳打ちされて、ご家老が喜ばれたであろうと申している」

藤右衛門は壁から背を離すと、一歩三道に近寄った。だが三道は退かなかった。

「お斬りになるつもりか、藤右殿」

と言った。

「さあ、どうするか、いま考えているところだ」

藤右衛門は、やはり低い声で言った。実際斬ってしまうかという気持ちが動いていた。ここに来た時は、そのつもりはなく、三道に会ったら、身辺を嗅ぎ廻るのはやめろ、と警告だけするつもりでいたのである。だが眼の前に本人を置いてみると、手が刀の柄に走りそうな苛立ちに襲われていた。

――戸沢の間者だ。斬って捨ててもいいのだ。

「お斬りになりたかったら、なされ」

三道は平静な声で言った。

「このような年寄り一人斬って、何かの役に立つならばな」

「………」

「だが、江戸表からのご沙汰が、どのように来るかは、まだ誰にもわからぬことじゃ、何事もないかも知れん。その時は、わしを斬ったことを後悔なさるじゃろう。もしそなたの家に大変があれば、老ぼれ一人斬ろうと斬るまいと、何の足しにもなるまい」

「ただわしも、このところ世間話が過ぎたかも知れん。それが気にいらぬとなら、お斬りなされ」

「………」

藤右衛門は、不意に三道に背を向けると、足早に寺門を出た。殺意は消えていた。三道和尚を斬っても、事情が変わるわけではないと思ったのである。

藤右衛門は次兄の多兵衛の家を訪ねた。

「鉄炮があったな、この家に」

顔を合わせると、藤右衛門はすぐに言った。

「鉄炮をどうする？」

「月末に戸沢が万年寺に墓参に行く。そのとき、ひと思いに撃ち殺してやる」

「まあ待て」

多兵衛はなだめるように言った。

「そう騒いでも始まらん。鉄炮なら俺の方がうまい。撃つときは俺が撃つ。少し落ちつけ」

「兄者」

藤右衛門は鋭く囁いた。

「落ちついている場合か」

「しかし、向こうの出方が解らんうちは、下手に動かぬ方がいい」

「出方は解っておる」

藤右衛門は万年寺の三道和尚の話をした。多兵衛は眼を光らせただけで、口をはさまないで聞いた。

「これで戸沢の陰謀ははっきりしたわけだ。どうする？　本家に行って話すか。今度は本家の兄者も信じぬわけにはいくまい」

「無駄だな」

と多兵衛は言った。

「本家は、俺は悪いことをしていない、罰せられるものならやってみろというつもりだ」

「……………」

「藤右衛門、もはや江戸の沙汰次第だ。どのような沙汰が下るか、それをみて進退を決めるしかない」

食事をして行け、という嫂の言葉を振り切って、藤右衛門は兄の家を出た。月がのぼったらしく、町の上空にほのかな光の気配があった。人影もない灰色の道が、置き忘れられた場所のように、その底に沈んでいる。

兄弟が、それぞれ遠く離れてしまったような、異様な孤独感が藤右衛門を捉えていた。理兵衛は頑なに己れを恃《たの》む姿勢を守るばかりで、迫りつつある危険に眼を向けようとしない。次兄の多兵衛は、片岡一族の方から打つ手はないと諦める気持ちに傾いている。

「とおッ！」

藤右衛門は、不意に低い気合を放つと、そばの生垣から傾いて道に伸びている竹を斬った。かちと竹が鳴ったと思ったとき、藤右衛門の刀は鞘に納まっていた。道に落ちて、ざわめく竹の葉の音がしたのは、数歩行き過ぎた後である。

藤右衛門は立ち止まって、しばらく佇んだあと、いまきた道を戻った。北条の家の前を通ってみようと思っていた。そこにあるいは郷見が立っているかも知れない、という気がしたのである。

その頃、藩士茂木与次左衛門は、片岡一族の処分を認《したた》めた沙汰書を懐におさめ、新庄への道を北上しつつあった。

六

茂木与次左衛門は、猿羽根峠を越えて、舟形に入ると、その夜はそこに泊まった。道中でしばしば間歇《かんけつ》的な雨に降られたが、その日も峠にさしかかった頃から降り出し、夜になっても、静かな雨音がやまなかった。

翌日も雨だった。与次左衛門は終日宿の窓から雨を眺めて日を過ごした。窓の外に、戸平山、大焼黒山、亀割山と連なる山山が、谷間から絶えず霧のように淡い雲を吐き出し、雲が薄れると、その下から目がさめるような翠《みどり》の山肌がのぞいた。その背後にあって奥羽に跨がる山脈は、漠漠とした梅雨雲に覆われて見えない。切れ目なく続く小雨の音を聞きながら、与次左衛門は、懐にあるご沙汰書に記された、片岡一族の運命を思った。

ご沙汰書の中味を、与次左衛門は知らない。寛大な処分だという、ひそかな噂を耳にしたが、中味がどうあれ、それが藩内で、戸沢伝右衛門と権勢を競ってきた片岡一族の、凋落《ちょうらく》を告げる声であることは紛れもなかった。

――片岡理兵衛が、藩政に復帰する日は、もうあるまい。

と与次左衛門は思った。与次左衛門は理兵衛とは係わり合いが薄い場所に勤めていて、言葉をかわしたこともない。一藩士として、傲慢だとも言い、剛直だとも言う理兵衛の評判を聞いているだけである。

片岡一族のことを考えたが、そのために感傷に浸ったわけではない。与次左衛門は、無事にご沙汰書を戸沢家老に届ける使命を考えていた。

日暮れになって雨がやんだ。与次左衛門はそれでもなおしばらく待ち、四囲が夜の色に包まれるのを待って行動を起こした。夜を待ったのは、途中に片岡一族の者が、ご沙汰書を奪いに現われるかも知れないという、万一の場合を懸念したのである。

増水して、闇の中に荒荒しい川音を立てている川を渡り、紫山の山間の道をいそいで与次左衛門は夜の新庄城下に入った。

戸沢伝右衛門は、江戸からの沙汰書を読むと、しばらく黙然と考えにふけるようであったが、やがて与次左衛門に向かって、

「ごくろうであった。屋敷に戻って休息するとよろしい」

と言った。

与次左衛門が帰ったあと、伝右衛門はもう一度沙汰書を読み直した。書状には、片岡理兵衛は閉門、小林多兵衛、片岡藤右衛門および一族は構いなしと記されている。

伝右衛門は不満だった。もっと厳しい処分を予想していたのである。正誠とは、暗黙の間にそういう理解が出来ていた筈だった。しかし理兵衛を閉門にしてしまえば、あとは何とでも出来るという気がしてきた。

伝右衛門は家臣を呼び、あちこちに使いを走らせてひそかに人を集めた。片岡兄弟に申し渡しをする人間を打ち合わせ、閉門申し渡し後の取り締まりの人数の配置

を決めた。伝右衛門は騒動になる場合のことを考えている。火事にそなえる人数も決め、小野寺儀右衛門以下十名は出火の場合二ノ丸を守護する。天野八右衛門以下十名は、片岡の隣家北条六右衛門の屋敷に詰めて、出火に備えることにした。また太田原弥一右衛門以下十名の藩士を片岡藤右衛門の屋敷の裏口に配ることにしたのは、藤右衛門が居合の名手であるのを考慮したのである。他に水谷安右衛門の屋敷近くに田口五左衛門以下九名を配置したのは、やはり理兵衛の屋敷から出火した場合に具えたのである。

片岡理兵衛の屋敷を固める人数は、一番手熊谷伊左衛門以下十四名、二番手諏訪五郎右衛門以下十三名、三番手駒木根平次右衛門以下十五名、計四十二名と警戒を厳重にすることになった。ほかに北条五右衛門、長谷川藤兵衛の両人には、遠見不寝《ね》の番《ず》を言いつけることにした。

この打ち合わせを終わって、戸沢市兵衛、田口五左衛門、戸沢九郎右衛門、楢岡小市左衛門らが帰ったあと、伝右衛門はさらに使いを走らせて、かねて手配して置いた十人ほどの給人を屋敷に呼んだ。彼らは膂力《りょりょく》、太刀打ちの業に勝れた屈強の若者たちである。

「明朝、片岡理兵衛をこの屋敷に呼んで、閉門を言い渡す。理兵衛はあのとおりの気性だ。素直には聞き入れまい。その時は遠慮なく召し捕れ」

伝右衛門は言った。

明朝、と伝右衛門は言ったが、夜空は曇りながら仄《ほの》かに明けようとしていた。伝右衛門は廊下に出ると障子を開き、東の空に微かに動く暁の色を眺めながら、疲れた眼をこすった。

夜通し慌しく人が出入りした戸沢伝右衛門の屋敷から離れて、片岡理兵衛の屋敷は、ひっそりと眠りの中に沈んでいた。

戸沢伝右衛門の屋敷から使いがきたとき、理兵衛は顔を洗っていた。

使いの口上は、少少相談したいことがあるので、屋敷においで頂きたい。朝飯はこちらで支度する、と述べていた。

「いかがなさいますか」

と取り次いだ若党の伝左衛門が言った。

「何ということもあるまい。参ると申せ」

と理兵衛は言った。伝右衛門とは不仲のまましばらく会っていないこと、弟たちが言った江戸への訴状云云ということがちらと頭をかすめたが、それを気にかけて戸沢の招きを断わるというのは馬鹿げているように思われた。よしんばそうしたことが何かあるとしても、そのために臆したと思われるのは業腹である。

「あなた」

茶の間に戻ると、理兵衛の妻女が心配げに顔を見上げた。妻女はもうきれいに化粧を済ませている。理兵衛とは九ツ違いの三十三だが、肌はまだ若く美貌だった。

「戸沢からお呼び出しだそうですが、参られますか」

妻女は戸沢四郎兵衛の妹で、伝右衛門の従妹にあたる。日頃夫と伝右衛門の不仲を苦にしていた。

「参ると申した」

「むざと参って、大事ございませぬか」

「何を心配しておる?」

「お噂は藤右衛門殿からうかがっております」

「藤右衛門だと……」

理兵衛は舌打ちした。

「例のつまらぬ話だろう。気にすることはない」

「でも心配せずにいられませぬ」

と妻女は言った。

「伝右衛門殿は、わが血縁ながら、油断ならぬお人でございますよ」

「行ったら伝右衛門が待ちうけていて、斬りかかるとでも申すのか、馬鹿な。かの男にそれほどの度胸はないわ」

妻女の気遣わしげな顔をみると、理兵衛は周囲の心配がひどく大げさな気がして、腹が立ってきた。

「つまらぬ取り越し苦労はやめろ。伝右衛門が何を考えておろうと、儂に指一本させるものか」

「……………」

「飯を喰いに来い、と言ってきている。それを断わっては、影におびえたかと笑われようぞ。行ってくる」

だが伝右衛門の屋敷に一歩入ったその時から、理兵衛は妻女の心配、弟たちの忠告がことごとく的を射ていたことを知ることになった。

理兵衛が家に入ると、どこからともなく現われた男たちが、ひしひしと玄関の戸を閉め、門扉《もんぴ》を閉じてしまった。いつの間にか、理兵衛のまわりは屈強な若者たちに囲まれている。すばやく刀が取り上げられていた。

袖を摑まれるようにして、夜のように暗くなった家の中を、奥座敷まで導かれた。

その部屋には、煌煌《こうこう》と燭台が立ち並び、正面に戸沢市兵衛、田口五左衛門、戸沢九郎右衛門、楢岡小市左衛門が裃《かみしも》姿で控えている。

「伝右衛門はどこだ」

立ったまま理兵衛は喚《わめ》いた。

「何の真似だ。ここで貴公らは何をしておる」

四人は顔を見合わせたが、誰も一語も発しない。

「何のための猿芝居か、仔細を承ろう。伝右衛門はいずこにいる」

「お静かになされ、片岡殿」

ようやく正面にいた戸沢市兵衛が声をかけた。

「江戸より上意でござる。お坐りあれ。ただいま読みきかせる」

「上意だと？」

理兵衛は少し落ちついた声になって、薄笑いした。

「ははあ、伝右衛門が企んだな」

「無礼であろう、片岡殿」

楢岡小市左衛門が鋭く言った。

「構わん。膝を折らせろ」

背後にいた若者たちの手で、理兵衛はたちまち畳の上に押さえつけられた。理兵衛は暴れたが、腕は背まで捩《ね》じ上げられ、頭を押さえられて、畳に頭がつき、罪人のような姿になった。

「上意でござる。承れ」

市兵衛がきっと口調を改め、沙汰書を読み上げた。閉門申しつける、と読み終わったとき、理兵衛の身体が躍り上がった。

左右からしがみついた若者たちを引きずりながら、理兵衛はじりッと正面に詰め寄った。畳に押さえつけられたとき、擦りむいたらしく、額に血がにじみ、日頃血色のいい顔が蒼ざめて、凄惨な表情になっている。

「伝右衛門に言うことがある。卑怯ものが。伝右衛門をここに出せ。何が上意……」

「それ、上意に逆らったぞ。捕えろ」

檜岡小市左衛門が叫んだ。襖の陰から新しく五、六人の人数が現われて、理兵衛の身体はたちまち身動き出来ないほど、固く縛り上げられてしまった。

理兵衛は、捕縛されたまま、駕籠で石川町の自宅に送られた。附き添ったのは戸沢市兵衛、田口五左衛門、戸沢九郎右衛門、天野八右衛門、白岩八郎兵衛、戸沢孫右衛門、今泉千右衛門、工藤伝左衛門で、この一行をさらに熊谷伊左衛門ほか八名が警固した。

理兵衛の屋敷につくと、熊谷らは土蔵の中を改め、武器の類をことごとく座敷に運んで封印した。そして理兵衛以下、妻女、子供、若党の伝左衛門、中間の喜右衛門、弥五助、草履《ぞうり》取りの仁兵衛など十名ほどの片岡家の人数を土蔵に押し籠めてしまった。このとき理兵衛は縄を解かれている。

土蔵の周りには矢来を結び、やがて監視のための藩士が続続と詰めかけてきた。

これよりさき、小林多兵衛の屋敷には戸沢孫右衛門、黒川六郎兵衛の両名、片岡藤右衛門の屋敷には小野寺源五兵衛、石川七兵衛の両名が使者に立ち、兄弟一門は従来どおり気遣いなく奉公するように申し渡している。同時に理兵衛の妹を娶《めと》っている小山作右衛門、理兵衛の娘婿鈴木宇左衛門、また前田源左衛門、堀江多門兵衛ら片岡の親族にも、同様の達しが書状で送られた。

こうして片岡一族の処分は終わり、昼夜警戒は厳重なままに、少し日が過ぎた。その間に、理兵衛の望みを入れて、刀箱一箱、物干竿一本が土蔵に差し入れられた。理兵衛はこのほかに、着換えなどを入れてある長持一棹を運び入れるように求めたが、これは拒絶された。

七

戸沢伝右衛門の屋敷に、江戸藩邸から急使が入ったのは、理兵衛が閉門の処分を受けてから五日ほど経った五月六日である。

使者は御徒目付小介川彦兵衛で、彦兵衛が持参したのは、片岡三兄弟に切腹を申しつけるという正誠の命令書だった。上意が改まったのである。戸沢伝右衛門はすぐにその処置をとった。

小林多兵衛の屋敷に、検使として行ったのは、駒木根平次右衛門、瀬川弥次兵衛の二人である。弥次兵衛の屋敷に連れて行くと、玄関を入ろうとするとき、弥次兵衛が振り向いて、

「上意により」

と言い、多兵衛がはっと立ち止まったところを、駒木根平次右衛門が抜き打ちに肩から斬り下げた。

三人はそこまで談笑しながら来たので、多兵衛は抜き合わせるひまもなく斬られ、そのまま地上に崩れ落ちて動かなくなった。

片岡藤右衛門の屋敷に向かったのは、黒川縫殿助、田口五左衛門、田口与左衛門の三人である。

家に入ると、五左衛門は、

「ご用の儀があるので、戸沢市兵衛の家まで同道願いたい」

と言った。

藤右衛門は冷やかな眼で三人を見たまま、黙っている。藤右衛門は、兄の理兵衛が閉門の処分を受けると、自分も病気を理由に家に閉じ籠ったまま一歩も外に出ていない。そのためか髭が伸び、肌は青白く見え、少し痩せたように見えた。

五左衛門は、膝に置いた掌が微かに汗ばむのを感じながら、もう一度、「市兵衛の家にご同道願いたい」と言った。

それには答えずに、藤右衛門が静かな声で訊いた。

「本家の処分は、どのようなことになられた?」

「遠島を仰せつかってござる」

とっさに五左衛門は答えた。向かい合っている藤右衛門の身体から、無気味に寄せてくる殺気を感じている。うかつな返事は出来なかった。五左衛門も剣の心得はあるが、藤右衛門は神夢想林崎流の名手として知られている。ここで斬り合いになれば、検使三人でも藤右衛門を討ち果たすことは覚束ない。

「では、参ろう」

不意に藤右衛門が刀を摑んで立ち上がった。五左衛門もほっとして立ち上がった。振り向くと、黒川がそっと額の汗を拭ったところだった。

藤右衛門が先に立って、四人は玄関を出た。数歩先に門がある。

――門を潜るときに、後から斬れば斬れる。

五左衛門がふっとそう思ったとき、藤右衛門が立ち止まって振り向いた。

「お先に」

と藤右衛門は言った。

「いや、貴殿お先に」

と五左衛門が言った。四人は一瞬睨み合う形になった。やがて藤右衛門が青白い顔に微笑を浮かべた。

「それがしは当家の主、先に門を出ては礼にかなわぬ。お先に歩まれい」

「いや、お構いなく。そのまま出られい」

五左衛門もこわばった笑いを浮かべて言った。すさまじい緊張が、その場所を凍らせてしまったようだった。四人は足を踏みしめたまま、一歩も動けなくなっていた。

緊張が、極限まで膨れ上がった、と思ったとき、すいとものが動いた。藤右衛門が何事もなかったように、門の閾《しきい》を跨ぎ越えたのである。五左衛門ら三人が急いで外に飛び出した時、藤右衛門は足早に先を歩いていた。戸沢市兵衛の屋敷に着くまでに、五左衛門はひそかに藤右衛門に斬りかける隙を窺ったが、ついに機会を見出せないでしまった。藤右衛門は無雑作に歩いているようでいながら、つねに間合いをはずした場所にいた。

四人は戸沢市兵衛の屋敷に入ると、奥の座敷に通された。

市兵衛が切腹を申し渡す役目だったが、向かい合って坐ったものの、言い出せないままに少し時刻が移った。藤右衛門は無表情に部屋を見廻しながら、座敷の床の間に飾ってある鞍を賞めたりしているが、左手に引きつけた刀が無気味だった。刀を抜かぬ先に勝ちを見るという居合のことが、市兵衛たちの脳裏にある。

「さて、藤右衛門殿」

漸く市兵衛が形を改めて言った。

「ご上意にて、貴殿を腹切らせよとのご沙汰でござる。いさぎよくお受けなされ」

言い終わると市兵衛は刀を引きつけ、膝で後に退がった。顔面は蒼白になっている。そのまま睨むように藤右衛門の様子を窺った。田口五左衛門、黒川縫殿助、田口与左衛門の三人も一斉に刀を摑んだ。黒川は片膝を立てている。

藤右衛門は、順順にみんなの顔を見渡した。手は膝に置いたままである。

「上意承ってござる」

と藤右衛門は低いがしっかりした声で言った。青白い顔に、眼の光だけが、刺すように鋭さを増したようだった。

「それでは支度致す」

「そのまま」

膝を立てようとした藤右衛門に、五左衛門が険しい声をかけた。

「そのまま腹を召されい」

「それは、ちと無理」

と藤右衛門が言って、両手を上げると襟を開いて少し胸を出した。見ると肌に着込みをつけている。

「これを脱がねば、腹切れ悪しゅうござる」

藤右衛門は立とうとした。同時に五左衛門も立った。すばやくそばに寄ると、藤右衛門が畳に置いた刀の鞘を握った。

藤右衛門の身体が、一閃の影のように動いたのはその時だった。鞘を五左衛門に握らせたまま、一瞬の間に、藤右衛門は刀を抜き、正面に立ち上がった戸沢市兵衛を斬っていた。切先は市兵衛の真額を斬り割って、深く肉に喰い込んだ。呻き声をあげて市兵衛は尻から倒れたが、藤右衛門は刀を抜きとるときに手間どった。市兵衛の肩に足をかけて切先を抜きとったとき、五左衛門が後から組みついて、藤右衛門の両袖をしぼった。

「捕えたぞ、斬れ」

五左衛門が叫んだ。その声を聞いて、次の間にいた控えの人数が、どっと部屋になだれ込んできたが、その中の一人が藤右衛門と見間違えて五左衛門の背を斬った。

それが意外な深手になったのである。

「うろたえ者が……」

五左衛門は振り向いて怒鳴ったが、痛手に耐え兼ねて藤右衛門から手を離してしまった。魚が水に逃げるように、藤右衛門の痩せぎすの身体はすいと部屋の中央に出ていた。

混乱した斬り合いが続いた。狭い屋敷の中の働きでは、多数の方に必ずしも分がない。藤右衛門の鋭い太刀先は誤りなく一人一人を傷つけ、むしろ討手の方が押され気味になる場面すらあった。

畳を踏み鳴らし、人が怒号する物音は屋敷の外まで聞こえて、何事も知らない隣近所の人人を驚かした。

しかし斬り合いが長びくにつれて、少しずつ藤右衛門に疲れが見えてきていた。斬っても斬っても、新たな敵が前後から斬りかかってくる。次第に藤右衛門の受ける傷が多くなった。

そのとき外から小野寺源五兵衛が駆け込んできた。小野寺も江戸で梶派一刀流を修行した剣の達者である。日頃気ぜわしい性格の男だった。

部屋に踏み込むと、源五兵衛は叫んだ。

「藤右衛門はどこだ」

「ここにいる」

藤右衛門が答えた。横から打ち込んだ討手を躱《かわ》して振り向いた藤右衛門の顔は、眼の周りに蒼黒い隈をうかべ、頰の肉は落ちて、死相を彫った仮面のように見えた。

頬からも、肩のあたりからも血が流れている。

「小野寺、参る」

「おお、よし」

呻くように藤右衛門が答えるのを聞くと、疾風のように源五兵衛は駆け寄った。擦れ違ったとき源五兵衛の刀は、藤右衛門の左腕を斬っていた。左腕が柄を離れてぶら下がった。源五兵衛も肩先を斬られていたが、その傷は浅かった。二人は気合をかけ合い、また吸いつくように斬り合って離れた。藤右衛門の右腕が刀を握ったまま垂れ下がった。ほとんど皮一枚をのこすほどに斬り込まれ、溢れ出た血の中に断ち割られた骨が白く見えた。

蹌踉《そうろう》とした足どりで、藤右衛門は廊下に出、玄関の方に遁れようとしていた。斬られた両腕が、藤右衛門の身体とは別の異物のように、両脇で揺れている。右腕はまだ刀を握り、板の間をひきずって行く。一人が追いかけて、背に斬りつけたが、藤右衛門はちらと振り向いただけだった。

玄関まで出たところで、藤右衛門は倒れた。

「止めを」

と藤右衛門は歯を鳴らして言った。幽鬼がもの言うような声だった。血にまみれ、捨てられた襤褸《ぼろ》のように藤右衛門は身体を折り曲げて顫えている。

「止めを、たのむ」

誰も近づく者はいなかった。息を詰めて見守る人人の眼の前で、藤右衛門の身体は不意に動きをとめた。

藤右衛門に額を割られた戸沢市兵衛は、斬り合いの間、下帯で傷口を巻き、柱によりかかって微かに息をしていたが、部屋に戻った者が、

「藤右衛門を討ち取りましたぞ」

と告げると「よし、これで安心」と呟いた。だが市兵衛は不意にのけぞって倒れ、そのまま息が絶えた。

八

片岡理兵衛の屋敷では、警護の者たちが、検使の到着が遅れているのに苛立っていた。すでに理兵衛切腹の内命は届いていて、警戒を厳しくするように、戸沢伝右衛門から命令がきている。

「遅いな」

一人が呟いたとき、伝右衛門からの使いが屋敷に入ってきた。土蔵に一緒に籠っている理兵衛の家来を先に捕えておけ、という命令だった。検使が働きやすいよう

にするためだと解った。多人数では処分に手間どる。

「しかし、土蔵に踏みこむわけに行くまい」

と誰かが言ったとき、桃井伊左衛門が、

「長持を使うか」

と提案した。長持は、理兵衛が土蔵に運び入れてくれと言っている物である。これを餌に、中にいる従僕をおびき出そうという考えだった。

桃井の計略はうまく運んだ。土蔵の前まで長持を運び、取りに出てきた若党ら二人を捕えることが出来た。しかし、土蔵の中の理兵衛も気づいたようだった。土蔵の戸を開いた若い婢《はしため》が、しきりに二人を呼び返したが、その時には、外に出た二人は縛られてしまっていた。婢は泣きながら、土蔵の戸を閉めた。

土蔵の中から、理兵衛が荒荒しく外の者を罵る声が聞こえた。

「やり切れんな」

と石川治太夫が、鈴木助之丞に向かって言った。朝から次第に雲が断《き》れて、いまは梅雨どきには珍しい青空がひろがっていた。日射しは真夏のように暑く、警護の者たちは大方軒先に塊って日を避けているが、空気は蒸れてじっとしているとすぐ汗が流れる。

「こういうことは、早く済ましてもらった方がいい」

助之丞もうんざりしたように言った。

「いま、催促の使いを出したところだ」

二人の話し声を聞きつけて、二番手に詰めている村越左吾兵衛が寄ってくると、そう言った。村越が額の汗を拭うと、治太夫と助之丞も思い出したように、肱を上げて顔を拭った。その間にも、土蔵からは、何か喚く理兵衛の声が聞こえている。

検使の安藤三郎右衛門、諏訪五郎右衛門の二人が到着したとき、日は真上にかかり、午《ひる》近い時刻になっていた。二人が土蔵の前に立つと、それまでだれ気味だった空気が鋭く緊張した。昨日から屋敷に詰めている者たちは家の中から半戸を開いて覗き、今日新しく警固についた者は、土蔵の前に塊って、息を殺してこれから起ることを見守る姿勢になった。

検使は矢来の外に立って、理兵衛を呼び出した。土蔵の戸を開いて、理兵衛が姿を現わした。髭がむさくるしく伸びているが、痩せたようには見えない。

「重ねての上意である。承れ」

三郎右衛門が声を張って、切腹を言い渡した。

「なおご上意には、ご内室には何のお構いもなしとござる。土蔵を出られても、手出しは一切致さぬゆえ、自由に立ち退かれたらよろしかろう」

「ご上意、確かに承った」

と理兵衛は大きな声で言った。

「しかし何の科《とが》あって腹切らせる。それを承ってから腹を切ろう」

「我われは検使として参った者だ。一いちの罪状までは知らん」

理兵衛の髭面に、皮肉な笑いが浮かんだ。

「尊公ら、罪状も知らずに、よく検使が勤まるな」

「卑怯な言い方かな。上意をないがしろにされるか」

諏訪五郎右衛門が鋭く言い返した。理兵衛は薄笑いを浮かべたまま、無言で戸を閉めてしまった。

しばらくして、また土蔵の戸が開いて、理兵衛の妻女が姿を現わした。

「ご検使の方方に申し上げます」

妻女は静かだが、しっかりした口調で呼びかけた。

「ただいまの切腹の申し付け、確かに承知致しました。わたくしにお咎めなしとのお言葉でございましたが、有難い仰せながら、日頃連れ易い時に連れ添い、このようなときに立ち退くことは、女子の道として出来ませぬ。理兵衛ともども自害いたしますゆえ、お上によしなにお取りなし願いまする」

「……」

ついては後のことを頼みたいので、瑞雲院の隠居に、ここに来て頂けないか、と妻女は言った。

安藤と諏訪は顔を見合わせたが「それではご家老にうかがってみる」と言った。それを聞くと妻女はまた戸を閉めて、内に入ってしまった。

戸沢伝右衛門に連絡すると、許しが出たので、八柳竹右衛門が瑞雲院に行って隠居僧を片岡の屋敷まで連れてきた。その帰り道で、竹右衛門は、深手を負って家に帰る田口五左衛門と逢い、戸沢市兵衛が斬られて死んだことを聞いた。この時刻には、片岡藤右衛門の始末は終わっていたのである。

僧が来ると、理兵衛が姿を見せ、土蔵の中に入ってくれ、と言った。しかし僧は首を振った。顔には怯えの色がある。安藤と諏訪も、

「それはならん。そこで話せ」

と言った。

止むを得ないといった表情で、理兵衛は矢来の外にいる僧に話しかけたが、話の内容が検使を激怒させた。理兵衛は、当方に科のないことを、先頃二ノ丸様に訴えてある。大方今日あたり、その使いが江戸に着く筈である。その返事がくるまで、我らの命を貰いうけて置いて頂けまいか、と言ったのである。

卑怯な言い分に聞こえた。さっき妻女を使って隠居僧を呼ばせたのは、魂胆があったためだと腑に落ちると、安藤と諏訪は腹を立てた。理兵衛に翻弄されている気

がしたのである。

二人は顔を見合わせると、先ず安藤が言った。

「まことに卑怯未練な申しようだ」

「もはやこれまで。槍を以て埒明け申すぞ」

諏訪五郎右衛門も言った。諏訪は槍を持ってきていた。二人の剣幕をみて、理兵衛は土戸を一尺ほど閉めて、内に隠れた。

二人は槍の鞘をはずすと、矢来に近寄り、小刀を抜いて矢来の封印を切り、また静かに小刀を鞘に納めてから矢来の内に踏み込んだ。

二人が矢来の内へ入ったのを見ると、警固の者たちがどっと駆け寄ってきて、一緒に踏み込もうとした。だが二人はそれを手で止め、両脇に別れて土蔵の入口にぴったり貼りつくと、中の様子を窺った。

すると、土蔵の中からひょいと突き出されたものがある。竹竿の先に九寸五分を結びつけた手製の槍だった。竿はすばやく引っこみ、またひょいと突き出された。安藤が刀を抜いて竿の先三分の一ほど斬り落とした。

また同じ作りの竹竿が突き出された。今度は待ち構えていた諏訪が、手でもぎとるように竿を引き抜いた。すると、それを追いかけるように、土蔵の中から刀を振りかざした従僕が一人走り出し、安藤三郎右衛門に斬りかかったが、安藤は軽く躱すと、凄まじい一撃で胴を斬った。従僕の身体は、突き飛ばされたように土蔵の入口の前に転んだが、寝返りを打つように一回転すると、そのまま動かなくなった。血の匂いがあたりにひろがって、人人の鼻を刺した。

続いてまた一人、まだ若い従僕が出てきたが、その若者は怯えて泣いていた。

「助けて下され」

若者は土蔵の入口に立って、とぎれとぎれに繰り返すと、泣きじゃくった。

「刀を捨てろ。そうすれば助けてやる」

と諏訪が言うと、男は脇差をそこに投げ捨て、警固の人人を掻きわけて逃げて行った。そのとき、梯子を踏んで二階に上がるような音がした。そのまま、土蔵の中は何の物音もしない。

不意に、胸を凍らせるような女の悲鳴が、二度聞こえた。土蔵の外にいる者の間に、嘆声とも、溜息ともつかぬざわめきが、静かにひろがった。いま理兵衛が妻女を刺したとわかったのである。

またしばらく土蔵の中はひっそりしたが、やがて理兵衛の声がした。

「ただいま切腹つかまつる。どなたにもあれ、介錯《かいしゃく》を頼む」

その声を聞いて、警固の者たちが一斉に土蔵の前に駆け寄った。

「まだ早いぞ」

諏訪が鋭い声で叱った。諏訪は理兵衛が腹に刀を突き立ててから入って遅くないと思っている。

土蔵の中には、人が歩き廻るような微かな物音がしているが、まだ呻き声は聞こえない。

またしんとして、やがて男の独りごとが聞こえた。

「さて、切れぬわ」

よし、入れと諏訪は言った。警固の者たちが土蔵の中に走り込んだ。みると理兵衛は味噌桶に腰かけていたが、駆け込んできた者を見ると、すばやく立ち上がって持っていた脇差で斬りかかってきた。先頭にいた小野寺源五兵衛が、斜め上段から理兵衛の肩を斬り下げた。

階下には理兵衛の子供の死骸があり、二階には妻女の死骸が横たわって、土蔵の中は異様な香がした。妻女の死骸の脇には、夫婦が水盃をかわしたとみえて、銚子と盃が転がっていた。

諏訪五郎右衛門が、理兵衛の首を斬り落とし、人人は片岡の屋敷から引き揚げた。あとに誰もいない広大な屋敷が残され、その上を真夏のように白い光が照らしていた。

九

北条六右衛門が、戸沢伝右衛門の屋敷を訪ねたのは、片岡一族が滅びた数日後だった。

会うとすぐに六右衛門は言った。

「昨日、小介川に会い申した」

「ほほう」

伝右衛門は眼を細めて六右衛門をみたが、婢が茶を運んでくると、ゆっくりした口調で言った。

「まず、茶を。梅雨どきは気分が鬱陶しい。近頃少少香の良い茶を取り寄せて飲んでいる。あがられい。気分がさっぱりとする」

だが六右衛門は茶碗を取り上げなかった。

「片岡兄弟の処分が、途中から変わり申した。そこが合点ゆかぬゆえ、小介川がわけを知っておるかも知れんと思いつきましてな」

「それで、彦兵衛は何か申したか」

「初めの間はなにも申しませなんだ。ただご沙汰書を運んで参っただけと申した」

「それは」

伝右衛門は、外で雨音がしたのに気を取られたように、開いた窓に顔をむけた。

だが音は、雨が強く降り出したのではなく、庭先にある桐の葉が、たまった雨滴を降りこぼしたのだった。雨は霧と紛らわしく音もなく動いているだけである。

桐の樹の下に紫陽花《あじさい》の大きな株がある。花は見事に盛り上がって雨を吸っていた。

伝右衛門は眼を六右衛門に戻した。

「それはその通りだ」

「ところが、なお問いつめましたところ、じつはひそかに洩れ聞いた噂だがと、妙なことを語り申した」

正誠は理兵衛を閉門にしたが、亡父杢助の功績を考えて、弟二人は一切罪を問わないつもりでいた。ところがその直後、多兵衛、藤右衛門が、城に火をかけるか、しかるべき人間を人質にとるかしても、理兵衛を幽所から盗み出す腹を決め、一門縁者に相談を持ちかけた、という知らせが、正誠の手に入ったのである。

正誠は激怒し、あの処分となった。

「この噂が事実とすれば、何者かが片岡一族に讒《ざん》を構えたとみるしかござらん」

「お主」

伝右衛門はにこにこ笑いながら言った。

「儂がそれをやったとでも言いにきたか」

「あるいは」

六右衛門はひたと伝右衛門の顔に、視線をあてた。だが伝右衛門の表情は変わらなかった。ゆっくりと茶碗を取り上げると、茶を啜《すす》った。

「面白いのう。そうなれば儂も相当の悪人だの」

「考えてもごらんあれ」

と六右衛門は言った。

「理兵衛を憎む者は、家中に少なからずござる。だが多兵衛、藤右衛門は殿のご沙汰のとおり、何の罪咎もない者でござった。人柄もよろしい。その兄弟を腹切らせたのは、もともと片岡一族に含むところのあった者か、それとも理兵衛の罪状不十分なままに罪にしたために、一族の報復を恐れて先手を打ったかでござろう」

「つまり、儂のことだの」

伝右衛門は、六右衛門から眼をそらした。だが表情は穏やかなままだった。

「お主の値打ちは、その歯に衣着《きぬ》せぬ言い方だ。だが、六右衛門はちと考え過ぎておる」

「……………」

「儂はそのようなうしろ暗いことはやっておらん。そうでなくとも指さされる立場だ。やるわけがない」

「……」

「その密告が事実なら、片岡の縁者がやったかも知れぬではないか。兄弟は事実相談を持ちかけ、それに不同意だった者がしたことかも知れん」

「それは調べればわかりましょう」

「それはどうかな」

伝右衛門はじろりと六右衛門を見た。

「しかし六右衛門。お主そのようなことをつつき廻ってどうする？　噂は事実無根で、単に江戸のお気持ちが変わったのかも知れぬではないか」

「……」

「いや面白かった」

伝右衛門は言ったが、その眼はもう笑っていなかった。無気味な視線が、六右衛門に捉えられている。

「面白いが、その話は人には話さん方がいい。彦兵衛にも申しておけ。話してはためにならんと儂が申したとな。片岡の始末はもう終わっている」

恫喝に似た、家老の言葉を聞きながら、六右衛門は手をのばして茶碗を持った。茶は冷えて、苦いだけだった。

川岸に蹲《うずくま》って、郷見は向こう岸の街道を南にくだる人の列を見ていた。行列は、まとまりなく塊った人の群れだった。女子供がいて、年寄りがいた。その間に高だかと荷を積んだ車を挽く男が混じり、背中に赤児をくくりつけた女が後を押して行く。

一塊りの人が通り過ぎると、岩清水の村落を抜けて、また一塊りの人の群れが現われた。人の群れは、傾いた日射しの中を、気ぜわしげな足どりで次次に南の方に消えて行った。そして、やがて行列が絶え、街道はひっそりとなった。

長い間、その行列を見ていたようである。

——行った。

と郷見は思った。

婢のはるが、中渡村の百姓が、立ち退いて荘内領に参るそうです、と囁いたのは今朝のことである。はるの話によれば、百姓の一部は、すでに昨夜国境を越えたという。一人でその行列を見に行こうと思ったのは、なぜだったか、その時はわからなかった。

だが、いまの郷見にはわかっている。郷見は、片岡一族に心を寄せる最後の人人が、領内を去るのを、見送らずにいられなかったのだ。そして、人人は去って行った。

——遠いところに来てしまった。

郷見は川柳の葉陰から出て、西の方を見た。西から北に連なるなだらかな山脈が見えた。その中に葉山嶺と月山《がっさん》の頂きが、他の山山から抜け出て天に接している。日はすでに山の背後に廻って、葉山の山肌は蒼黒く見えたが、月山の頂きのあたりには、まだ残雪があるらしく、微かに白く光るものがある。

郷見はまた川岸に蹲った。梅雨の季節は遠くに去り、川水は澄んで浅瀬が優しい音を立てて鳴っている。足は疲れて石の様に重く、日は暮れようとしていたが、郷見は不思議なほど家のことが気にならなかった。

——わたしには、帰るところがない。

ぼんやりとそう思っていた。国を捨てて隣国に去って行った人人と、その足もとに小さく舞い上がった土埃を思い起こしていた。

「さ、ござれ」

不意に郷見は藤右衛門の声を聞いたように思った。眼を瞠ってあたりを見たが、囁くような川音がしているだけだった。

川が最上川と落ち合う場所に、若い女の骸《むくろ》が流れついたのは、次の日の朝である。霧が流れ、行行子《よしきり》が鳴きはじめた岸辺に寄りそうように、骸は波と一緒に揺れていた。

女が新庄城下の北条六右衛門の娘郷見だとわかったのは、その日の夕刻になってからである。案内に来た村の者と一緒に、暮れかかる道を西にいそぎながら、六右衛門は悲しみを隠した顔をうつむけながら、幾度か首をかしげた。娘の郷見が、なぜそんな遠い場所に行って、水に落ちたりしたのか、いくら考えてもわからなかったのである。

婢のはるは、六右衛門の家の水屋にいた。時どき水を使う手を休めて、はるは涙を拭いた。

はるには、郷見が藤右衛門の後を追ったことがわかっている。しかしこの事は、心に秘めて生涯誰にも洩らすまいと思った。話した場合の、六右衛門の怒りを恐れてもいたが、それよりも、二人はいま満足だろうと思い、二人のその安らぎを、誰にも乱させたくないと思ったのである。

だがそのはるも、郷見が藤右衛門の子を身籠っていたことを知らなかった。

二人の失踪人

一

岩手郡雫石村《しずくいしむら》は、南部藩御城下の盛岡から西に四里八十六間。御城下から秋田街道を西行して、鳥泊山、湯ノ館山の丘陵の間を抜けた盆地にある。盆地の南に片寄って、雫石川が流れ、この川は御城下まで街道を逆行して北上川に注ぐ。

雫石村は人家およそ百六十軒。そのうち百二十軒が雫石に集まり、ここに南部藩の代官お役屋がある。ほかに川沿いの下久保に十九軒、そのほかは黒沢川、谷地、林などに四、五軒ずつの人家が散在するだけである。

周囲を山に囲まれた静かなこの土地で、人が殺された。文政十二年四月十四日のことである。高い山に残る雪が漸く消え、平地の樹の芽が浅黄いろに煙るように見えた日暮れだった。

殺されたのは、雫石町で旅籠《はたご》を営んでいる孫之丞という男である。孫之丞は、旅籠を営む傍ら田畑を持つ土地の百姓で、雫石代官所の目明しをも兼ねていた。孫之丞を殺害したのは仙台浪人と名乗る村上源之進という男である。源之進は孫之丞が営む宿に泊まっていた者で、その日暮れ孫之丞を刺し殺すと、樹の芽が匂う薄闇の中を、足早に遁《に》げ去った。

凶事が起きたいきさつはこうである。

孫之丞は勘之助という者を手先に使っている。源之進が言い出したのか、勘之助が言い出したのかは解らないが、この二人がほかに近所の者二、三人を誘って、源之進の部屋で博奕《ばくち》をやる相談がまとまった。源之進は、孫之丞の宿に三日前から逗留していて、勘之助とも顔馴染になっていた。

この相談が、孫之丞に洩れた。源之進の部屋に、人が寄り集まるのを不審に思った孫之丞が、家の者に探らせたのである。源之進は背が高く、日焼けした黒い顔をしている。眉毛が濃く、頰骨が張り出して鼻も高い。それでいて眼がやや細く、全体に酷薄な印象を与える。年は四十前後だった。

仙台浪人と名乗ったが、源之進の様子がかなり旅窶《たびやつ》れしているのが、孫之丞には気になっていた。半年、一年の浪人暮らしではあるまいという気がした。目明しという職業柄、何となく気をつけるつもりで見ている。正体が知れない人物という気がした。

家の者の知らせを聞いて、孫之丞はやっぱりそうか、と思った。すぐに勘之助を居間に呼んだ。

「寄り集まって、何の相談だ」

と孫之丞は言った。

「はい」

と言ったまま、勘之助は俯《うつむ》いている。勘之助は同じ町に住む百姓の次男だが、どこかやくざっぽいところがある男だった。手先としてもらう手当ても、女と酒に使うという噂があったが、孫之丞はそれをとやかく言ったことはない。それぐらいの男でないと、いざというとき、手先の役目は勤まるまいと思っていた。だが、いまは腹が立っている。

「この家で博奕の相談とは何ごとだ」

孫之丞は言い、火鉢の縁に煙管《きせる》を叩きつけた。

「俺をなめるな」

「いえ」

勘之助は顔を挙げたが、孫之丞の血相が変わっているのを見て、顔をこわばらせてまた俯いてしまった。

「帰って田圃《たんぼ》の手伝いでもしろ」

孫之丞が言うと、勘之助は救われたように立ち上がり、家を出て行った。

村上源之進が茶の間にいる孫之丞のところにやってきたのは、それからしばらくしてからである。無腰だった。

「お?」

源之進は無遠慮に茶の間に首を突っ込むと、きょろきょろと部屋の中を見廻した。

「勘之助はどこへ参った」

「ま、お坐り下さい」

孫之丞は火鉢のそばから鎌首をもたげるようにして言った。

「少少お話があります」

「わしにか」

源之進は改めて眺めるように、立ったまま孫之丞の顔をじっと見た。細い眼が、無気味に光ったように見えた。

「話なら、ここで聞こう」

「そう言わずに、中にお入り下さい」

「ちょっと」

仏壇の前で縫物をしていた孫之丞の女房が、顔を挙げて夫に声を掛けた。

「穏やかに話して下さいよ」

女房は、さっき勘之助が叱られたときは黙っていた。しかし今度は相手は浪人とはいえ武家である。声には気遣わしげな響きがあった。

「穏やかに話しているじゃないか」

孫之丞は女房を睨み、不機嫌な声で叱りつけた。

「何の話か」

のっそりと部屋に入ると、源之進は孫之丞の向かい側に火鉢をはさんで胡坐《あぐら》をかいた。細い眼を孫之丞にじっと据えたままである。

「私はこの町で目明しを勤めております。ただの宿屋の親爺ではありません」

と孫之丞は言った。源之進は「ほう」と言って、眼を一層細めただけである。

「勘之助を誘って博奕をなさるおつもりのようですが、この家でそういうことをされては困ります。どうしてもおやりになるなら、私の眼につかない、よそでやって頂きます」

源之進は「うん」と言った。が、それは孫之丞に返事をしたのではなく、低く唸っただけのようだった。

「わかった」

やがて源之進が言った。

「それで、勘之助はどこにいる」

「あれは家に帰しました」

「なんだと？」

源之進は不意に大きな声を出した。

「勘之助には用がある。わしに断わりもなしに帰したのはどういうことだ」

「お前さまに咎められる筋合いはありません」

孫之丞は気性の激しい男である。長い間目明しを勤めて度胸もある。片膝を立てて言い返した。

「勘之助は私が使っている者だ。帰そうと使いに出そうと、私の勝手です」

「そうは言わせんぞ、親爺」

源之進は火箸を摑んだ。博奕の楽しみを奪われたのが、よほど無念だとみえて、力を入れた手の中で、火箸は灰の中にずぶずぶと握りまで埋まった。

「談合中の勘之助を呼び出して、一言の挨拶もなしに去らせたとは許せん。さあ、この始末を何とする」

ちょっと、と茶の間を這い出た孫之丞の女房が叫んだ。

「誰かきて下さいよ」

叫んだのが精一杯で、女房は冷たい板敷に坐り込んでしまった。面突き合わせて大声を出している男二人の気配が恐ろしくて、足腰から力が抜けている。

茶の間の罵《のの》り声は、家の中に隈なく届いていたらしい。女房の声を待っていたように、台所口から使用人の男二人、源之進の部屋にいた近所の男三人が駆けつけてきた。

二

騒ぎはうまく納まったように見えた。

集まってきた男たちが、どうにか二人をなだめ、源之進にも落度があり、孫之丞にもやり過ぎがあったのを堪忍し合うということにし、源之進が泊まっている部屋で、仲直りの酒を酌《く》むことになった。七ツ半（午後五時）頃である。

初めは何ごともなく酒を飲み出した。近所の者のうち二人は家に帰り、仲直りの酒の口を利いた男が残ってお相伴をした。ぎごちなかった席も、この男の座持ちで、次第に口もほぐれて行くようであった。

だが、女子供の喧嘩と違い、大の男二人が眼鼻を突きつけるようにして罵り合ったしこりは気持ちの隅に残っていたものであろう。

口数少なく盃を空けていた源之進が、孫之丞に盃をさしながら言った。

「宿の親爺が目明しとは知らなかったぞ」

「はい、もう長いことになります」

孫之丞は底の気性は激しいが、陰気なたちではない。はきはきした口調で口を合わせた。

「目明しという稼業は、人の弱みを嗅ぎ廻るのが仕事だ。そうだろう」

「……」

孫之丞は盃を持った手をとめて、源之進を見た。高い顴骨《けんこつ》の上の眼が、瞬きもしないで孫之丞に据えられている。その表情のまま、源之進は口を動かした。

「つまり、犬だ。ずいぶんこれまで人を泣かせたろう」

盃を膳の上に置いて、孫之丞は源之進を見返した。孫之丞さん、ここは腹を摑んで下さい、とお相伴の男が言ったが、その言葉を払い落とすようにして、孫之丞は言い返した。

「お前さまこそ、得体が知れないお人だ。仙台のご浪人と触れていらっしゃるが、仙台の口訛りもない。どこからござらしゃった」

「目明しめ」

源之進は怒号して立ち上がると、膳を足で蹴返した。

「いよいよ俺のことまで探る気か。貴様と酒など飲んでいると、毒を飲んでいるようで気色悪いわ」

「この博奕打ちが」

孫之丞も立ち上がっていた。

「武家面が聞いて呆れる。宿貸すことはなりません。さっそく出て行ってもらいましょう」

「ようし、出て行くとも」

源之進は床の間に走った。そこに刀が置いてある。

「ただし、貴様を叩っ斬ってからだ」

「よくも言った」

孫之丞は身をひるがえして、部屋を出ると茶の間に走った。その間に、お相伴の男が、穏やかに、なあ、穏やかにと泣くような声を張り上げたが、孫之丞の耳には、もうその声は聞こえていない。

そこから先のことを、孫之丞の女房と次男の丑太が見ている。丑太は十四で、兄の安五郎を手伝って田仕事をしていたのだが、ひと足先に家に帰っていた。

父親が客の部屋で酒を飲んでいることも知らなかったが、突然廊下の端の客部屋で唯ごとと思えない高い声がやりとりされ、はっとして立ち上がったとき、血相の変わった父親が茶の間に飛び込んできたのである。

孫之丞は壁に駆け寄ると、長押《なげし》に懸けてあった十手を掴み取り、女房、子供には眼もくれずに部屋を出て行った。孫之丞の女房が、「やめてくれ」と悲鳴を挙げたのは、孫之丞が部屋を出てからである。

丑太は、部屋の前の廊下まで父親を追って出た。

いそぎ足に客間の方に行く孫之丞の姿が見えた。茶の間の並びの客間には、一番端の部屋に逗留客がいるだけである。その部屋に孫之丞が近づくと、出迎えるように、背の高い男が部屋から出てきた。その男が、村上源之進という、その部屋の逗留客であるのを丑太は見た。源之進は、左手に刀を提げている。抜いてはいなかったが、無気味なものに見えた。

二人が向き合ったと思ったとき、孫之丞が十手を振り上げ、真直ぐに源之進の頭を打ったのが見えた。その後起きたことを、丑太は後あとまで幾度も思い出したが、記憶はいつも、夢のようにどこかはっきりしないところがあった。

二人の男は、気合いとも言えない、荒荒しい罵り声を挙げながら、時どき身体《からだ》をぶつけ合い、得物を振って打ち合っていた。十手が光り、刀が光った。一度は孫之丞の身体が、飛ばされたように客間の障子に倒れかかったが、すぐに立ち上がって、十手を振りかざすと源之進に身体をぶつけて行った。

争いは長い間続いたが、その間丑太は動くことが出来なかった。足が板の間に貼りついたようで、その足は絶えず顫え続けていた。柱に摑まった腕も顫えている。喉が渇き、空っぽな頭の中で、ずんずんと血が鳴り続けていた。

やがて一人が倒れ、それを見おろしていたもう一人が振り向いて丑太の方に歩いてきた。刀をぶら下げた村上源之進である。

源之進は丑太のそばまで来ると、立ち止まって、

「小僧、かかってくるか」

と言った。

源之進の頭が割れ、そこに溜まった血が顔に筋をひいて流れていた。

丑太は首を振った。

すると源之進は、声を出さずに歯をむき出して笑い、威嚇するように刀をひと振りして血滴を切ると、鞘におさめて玄関へ出て行った。後に血の匂いが残った。

「あの顔を、よく憶えておくんだよ」

丑太の後から、母親が顫え声で囁いた。母親の両手が肩にかかっているのに、丑太は初めて気づいて、その手をはずそうとした。だが十本の指は、木で彫ったように固く丑太にしがみついていて、容易に離れなかった。

長男の安五郎が田仕事から帰ってきたのは、そのすぐ後である。ほとんど途中で村上源之進と擦れ違ったかと思うほどだった。

その頃には、家の中は騒然となっている。母親が孫之丞の死骸にしがみついて泣き狂い、それまで家の中のあちこちに潜み隠れていた、使用人も姿を現わして立ち騒いだ。

安五郎は玄関先で家の中の異変に気づいたらしい。泥に汚れた足のまま、家の中に駆け込んできた。

安五郎は跪《ひざまず》いて、すぐに父親の死を確かめた。眼をのぞき、脈を測り、胸を開いて肌に耳をあて心音を聴いた。長い間そうしていたが、やがて諦めて死体の胸を隠した。安五郎の右半面も手も血に染まった。孫之丞の肌にはどす黒く血がひろがり、着物は絞るほど血を吸っていたのである。

「相手は誰だ？」

と安五郎は丑太に言った。丑太は呆然と父親のそばに蹲っていたが、兄の声に顔を挙げると、端の客間を指さした。

「逃げたか」

「……………」

丑太はうなずいた。蒼ざめた頬が痙攣《けいれん》した。このとき漸く、事件が現実のものとして、丑太の腑に落ちてきたのである。そして「小僧、かかってくるか」と言われて、思わず首を振った記憶に胸を刺し貫かれ、丑太は唇を噛んだ。

「一緒に来い。追いかけてみる」

安五郎は言って、孫之丞の指から十手をもぎ放して持つと立ち上がった。

安五郎には二十二歳の分別があった。おろおろと落ちつかないでいる使用人を集めると、一人だけ母親と一緒に残し、ほかの者は親戚の家に走るように、手早く指図した。

「市右衛門の家に、最初に行ってくれ」

言い置いて外に出た。同じ町の市右衛門に妹の磯が養女になっている。丑太より四つ上の姉である。

外に出ると、そばに寄らないと人の顔が識別できないほど暗くなっていた。空は蒼黒く晴れていたが、月のない夜だった。

「暗いな」

安五郎は呟くと、小走りに町端れの方角に向かって走り出した。その後を追いながら、丑太はまた身体に小刻みな顫えが戻ってくるのを感じた。あの男を見つけたいと思った。だが見つけるのが恐ろしい気もした。丑太は兄の踵《かかと》を踏みつけるほど、すぐ後にくっついて走った。

だが村上源之進は見つからなかった。安五郎と丑太は町のあちこちで行き逢う人に訊ねたが、源之進の姿を見かけた者は、不思議なほどにひとりもいなかったのである。

二人が戻るのを待って、親類一同相談した結果、検断に届出、源之進の召捕りを願い出たが、源之進はやはり捕らなかった。

五年経った天保五年の春先。丑太が姿を消した。いよいよ家出したと解ったとき、母親は、「あれは仇を探しに行ったのだろう」と言った。五年前に、孫之丞が殺されたときのことが、母親の頭の中にひらめいたのだったが、聞いた人人は半信半疑だった。「百姓仕事が厭になったのかも知れないさ」と言った者もいた。

七月には丑太を探しに行くと言って、安五郎も家を出た。そのまま安五郎の消息もふっつりと跡絶《とだ》えた。母親は、兄弟が帰るまで、親戚の者が面倒をみることになった。

三

天保七年三月十二日の暮六ツ刻《どき》（午後六時）。雫石村の検断善助の家に、常州那珂湊から二名の飛脚が着いた。

飛脚が持参した手紙の宛名は南部盛岡御領雫石村御名主権治様となっており、差出人は水戸御領那珂湊庄屋川上与惣兵衛であった。

「権治どのの宛名になっているが、この人は辞めて、いまは私が検断を勤めていま す。この手紙を開いてよろしいか」

善助は、弥助、吉蔵と名乗った二人の飛脚に断わってから、手紙の封を開いた。読み下す間に、善助は顔色が変わった。

「ごくろうさまでした」

と善助は言った。

「すぐに宿を手配しますが、代官所にこれを届けねばなりません。しばらくここで足をのばしていて下され」

家の者を呼んで、二人の世話を言いつけると、善助は衣服を着替えて代官所に急いだ。代官所には、下役の上野伝四郎がいて、すぐに善助に会った。

「目明しの孫之丞が殺されたときのことを、憶えておいでですか」

と、手紙を差し出しながら善助が言った。

「……」

「孫之丞の子供が、親の仇を討ちました」

「憶えているぞ」

と伝四郎が言った。

七年前に孫之丞の子供、親戚から、村上源之進召捕りの願いがあったとき、訴えを受け取った側に不手際があったのを、伝四郎は思い出していた。つまり訴えを受けたまま、代官所は源之進召捕りに動かなかったので、たまりかねた親戚の者が、盛岡御城下の目明しを通じて上役に訴え出たのである。

このため、御城下から非番代官一条源治、御徒《おかち》目付伊藤十左衛門、照井栄左衛門が雫石村にきて、詰合代官今淵左市左衛門が立ち会い、事情を吟味した。その結果帳付の安兵衛、帳付手伝いの儀兵衛、検断の九郎兵衛の手落ちで、源之進取り押さえが手延べになったことが解ったのである。立ち会い役人は、とりあえず三人に慎みの処分を与え、源之進の行方は国中を穿鑿《せんさく》して突きとめる、と言ったが後の祭りであった。

七月になって、この三人に改めて御役取放しと慎みの処分が下った。慎みは七日ほどで済んだが、御役取放しはそのままで、八月には雫石村の庄助が安兵衛にかわって帳付を命じられた。

上野伝四郎が、雫石村代官所の下役に任命されたのは、その翌月の九月であったが、そうした事件があったために、孫之丞殺害の一件も書類を読んで知悉《ちしつ》していたし、五年後に、安五郎、丑太の兄弟が家を出て、今日まで行方が知れないことも知っていた。

「仇を討ったのは安五郎か、丑太か」

「丑太です。まず手紙をご覧下さい」

と善助が言った。

那珂湊の庄屋の手紙は、次のような事情を伝えてきていた。

那珂湊村の若い者、重治郎、仁蔵、儀兵衛の三人は、用があって訪ねた村の旅人宿を出たところで、一人の若い男に声をかけられた。

「私は南部雫石の百姓で、丑太という者です」

と、男は身分を名乗った。丑太は金毘羅《こんぴら》参りの装束を身につけていたが、その装束は、風雨に打たれてかなり傷んで見えた。

「お願いがございます」

三人に摺《す》り寄ると、丑太は声をひそめて話し出したが、金毘羅参り風の若い男の話の中味と、思いつめた表情は三人を驚かした。

丑太は、七年前仙台浪人村上源之進という者に父親を殺され、二年前から家を出て村上を訊ねて諸国を探し歩いていたが、その男が、さっき三人が出て来た旅人宿に泊まっている源竜という修験者に相違ないように思われる、と言った。

丑太は源之進らしい男が、那珂湊にいることを聞き込んで、村にやってきた。その男が泊まっているという宿屋を見張っていて、ついに源之進と思われる男が出入りするのをみ、男が源竜と名乗る修験者であることまで突きとめたが、肝心の顔がはっきりしない。見かけた源竜は白衣姿で、頭を白い頭巾で隠していた。

「年は四十五、六、背が高く、顔は色が黒くて頰骨が張っていて、みればみるほど源之進らしく思われましたが、人違いで斬りかけたのでは済まないことなので、皆さんのお力で確かめて頂けないかと思いまして」

「ほかに証拠はないのかい?」

と一人が聞いた。

「頭巾の下が見られれば、ひと眼でわかります。あの男が源之進なら、頭に十手の傷がある筈です」

「そいつは無理だ」

と腕組みを解いた一人が言った。

「修験者だから、髪を伸ばしているだろうし、傷を改めるためにはよっぽどそばへ行かなくちゃならない。お前の頭を見たいとも言えんしなあ」

「その男と相撲取るわけにもいかないだろうしな」

と、もう一人が言った。

三人は低く笑ったが、すぐにお互いの眼を見合った。

「よし、何とかしてやろう」

「村役人に話して、聞きたいことがあるからと、その男を呼び出すのはどうだ」

三人の若者は、ひそひそ声で相談したが、やがて丑太に言った。

「とにかく村役人に話してみる。あんたも一緒に行ってお願いしてみるといい」

丑太をまじえた四人はその足ですぐに、村役人源五左衛門の家へ行った。話を聞いた源五左衛門は、使いを走らせて、同役の藤右衛門を自分の家に呼ぶと、丑太にもう一度その話をさせ、その後で相談に入った。

相談の結果、口実を設けて山伏修験者源竜を番小屋まで呼び出し、それとなく確かめて丑太の言う源之進に間違いないときは、すぐに捕えて郡方役所に届け、処置を待つという手筈を決めた。源竜の呼び出しは重治郎たち三人に決まり、三人の屈強の若者たちは、すぐに源五左衛門の家を出て旅人宿に向かった。その間に、源五左衛門、藤右衛門は番小屋に行った。

番小屋に連れて来られた源竜を見たとき、源五左衛門は、ひそかに驚嘆の眼をそばにいる藤右衛門に流した。藤右衛門もその視線を受けとめてうなずいた。源竜は、まことに人を殺しかねない兇悪な人相をしていたのである。

汚れてはいるものの、白衣を着、白い頭巾をかぶっているので、赤黒い顔の皮膚が目立った。高く張り出した頬骨の下に、頬は抉ったように陥没し、鷲の嘴《くちばし》のように鼻がとがっている。細い眼には、人を射るような光があった。

「何の用かな」

と源竜は言った。錆びた声だった。

「まず頭巾をお取り下さい」

と源五左衛門が言った。

「これでも我我は役人です。頭巾のままの応対は失礼でありましょう」

「これは山伏の作法だ」

「私たちは山伏ではない」

藤右衛門が穏やかだが、底厳しい声で言った。

「村には村の作法というものがありますぞ」

う、うと唸って源竜は頭巾を取った。

源五左衛門と藤右衛門の顔色が変わった。源竜は髪を惣髪にし、後に垂らしている。だが源竜の額際は髪が薄く、髪の下に、確かに傷痕と見える黒い筋が見えた。それもひとつふたつの傷痕ではない。

源五左衛門は立て膝になって叫んだ。

「重治郎、仁蔵見たか。この男を押さえろ」

それまで源竜の後に立っていた重治郎たち三人と、番小屋に詰めている番人二人が一斉に源竜に飛びかかった。源竜は大声で喚き、強い力で番人の一人を羽目板まで突き飛ばしたが、やがて手足も動かないほど組み伏せられ、縄をかけられた。

「まず間違いありませんな」

「人相、年恰好が丑太という男の言い立てにぴったりです」

村役人二人は、五人が源竜に飛びかかると同時に部屋の隅まで逃げたが、縛られた源竜を見ながら興奮した言葉をかわした。

「何よりも、これです」

源五左衛門は、自分の月代《さかやき》をぴたぴたと叩いた。

「おい、村役人」

縛られて、羽目板の際に坐らせられた源竜が、ドスの利いた声で言った。

「これは何の真似だ。わしが盗みでもしたと思ったか」

「盗みはせなんだが、人を殺したのよ」

と源五左衛門が言った。

「源竜というのは仮りの名で、本名村上源之進。七年前に南部で人を殺したな」

「ははあ」

と源竜は言った。

「どうも妙だと思ったが、人違いしたようだな。わしはそんな者ではない」

「………」

「間違いだと解って後で後悔するなよ。ただでは済まんぞ」

「どうですか、藤右衛門どの」

と源五左衛門が囁いた。

「あんなことを言っているが、間違いないでしょうな」

「さあて」

藤右衛門も源竜を眺めながら、少し自信を失ったような表情になっている。蛇のように冷たく光る源竜の眼をみていると、これが間違いだった場合の恐ろしさが背筋を冷たく這いのぼってくるようだった。確かめ、縄をかけるまでは、村役人として当然の勤めを果たすことしか頭になかった。だがこうして縛り上げてみると、手に負えないほど狂暴な獣を捕えてしまった当惑も感じられてきたのである。

「もう一度丑太に確かめますかな。誰かを走らせましょう」

と、源五左衛門が言った。いまは丑太という金毘羅参りの若者の言ったことが、真実であることだけが頼りだった。

二人は何度も使いを走らせた。使いはそのたびに「背は五尺七寸近いそうです」、「声は錆び声だと言いました」などと、丑太の答えを持ってきた。

「よし、間違いない」

二人は郡方役所に使いを出し、棒を持った番人二人に厳重に源竜を見張るように言いつけてから、同道して源五左衛門の家に戻った。

源五左衛門は丑太を呼び出した。

「源竜は捕えた。縛って番小屋に入れてある」

「ありがとうございました」

丑太は畳に額を擦りつけた。

「郡方役所から人が来るまで、お前はこの家にいなさい」

「お役人が来ますか」

丑太は顔を挙げ、意外そうな顔をした。

「あの男が源之進だと解りましたからには、すぐに立ち合わせて下さい。ここに」

丑太はそばに置いてある風呂敷包みを解いた。脇差が出てきた。

「刀も用意してあります」

「まあ待て。それは蔵《しま》いなさい」

と源五左衛門は言った。

「こちらで捕えて、そのことはお役所に知らせたのだから、お役所から人がきて指図することに従わないとな。勝手に討ち取ってしまったでは済まないのだぞ」

それに、あの狂暴な男に、二十になったかならずの骨のか細いこの若者が勝負を仕かけても、勝てるとは限らないと源五左衛門は思った。源五左衛門がみると、丑太は俯いて唇を嚙んでいる。

「いいか勝手な真似は許されないぞ。お役人が来るまで、ここでおとなしく待つのだ」

叱りつけるように源五左衛門は言った。

三月二日、時刻は四ツ（午前十時）になろうとしていた。開け放した縁側から、手を伸ばして植木をいじっていた源五左衛門の後に、丑太がきて坐った。源五左衛門が振り向くと、丑太は脇差を包んだ風呂敷包みを膝の脇に置いている。

「またそんなものを持ち出してきたな」

「お役人はまだ来ませんか」

「今日あたりは見えるだろう」

「お役人が来ると、どうなりますか。仇を討たせてもらえますか」

「指図次第だ。この土地で仇討ちをしてよいとおっしゃるかも知れないし、定めに従って罪人としてお国に送ることになるかも知れんし」

「それでは、話が違います」

不意に丑太が叫んだ。蒼い顔で源五左衛門を睨むと、立ち上がって風呂敷を捨て、脇差を摑んで玄関の方に走った。源五左衛門は一瞬ぼんやりとその後姿を見送ったが、すぐに大声で人を呼んだ。

「誰か一緒に来い。丑太が気が狂ったぞ」

源五左衛門が外に飛び出すと、明るい日の光の下に、走って行く丑太の後姿が小さく見えた。その方向に番小屋がある。源五左衛門も必死に走った。裸の足裏に出来ていた魚の目が、したたかに小石を踏んで、二、三歩跳びはねたほど痛かったが、それを気遣うゆとりはなかった。

丑太は番小屋に飛び込んだ。

「あ、待て。誰だ」

棒を抱えて坐り込んでいた二人の番人が、あわてて立ち塞がったが、丑太が抜いた脇差の光を見て、弾かれたように道をあけた。

真直ぐに源竜の前に進むと、丑太は叫んだ。

「七年前、岩手郡雫石で父親の孫之丞を殺した村上源之進。覚えがあるだろう」

丑太の脇差が、縄手のまま躍り上がろうとする源竜の身体に、数度突き刺さった。

那珂湊の庄屋与惣兵衛の手紙を読み終わった上野伝四郎は、丑太が討ったのは間違いなく村上源之進だろうと思った。七年前の事件とはいえ、丑太は当時もう十四で、しかも親の仇討ちを心がけてきたくらいだから、人を間違える筈はないと思った。丑太自身が生き証人である。そのことについては心配はいらなかった。

ただ伝四郎の頭には、ほかに二つほど懸念が浮かんでいる。

ひとつは仇討ちが、尋常の勝負でなく、縛られて抵抗できない恰好でいる源之進を刺す、という形で行なわれたことである。それは伝四郎の中の、武士としての潔癖さにひっかかってくる問題だった。

もうひとつは、丑太が水戸藩の法を犯したことが明らかで、そのために丑太請け取りをめぐって水戸藩との間に面倒が起きはしないかという懸念だった。

伝四郎は代官所勤めの小吏らしい慎重さで、もう一度手紙を読み返した。

最初の懸念はすぐに消えた。番小屋には番人が詰めている。背後から源五左衛門が追ってくるという状況で、丑太に源竜の縄を解き放って勝負を言いかけるゆとりがなかったことが明らかだった。刺して死に至らしめるのが精一杯のようだ、と思った。

後の方について、名主与惣兵衛は次のように書いてきている。

「なおまた丑太儀、父の仇村上源之進に相違これ無き旨見定め候とは申しながら、くだんの通り召捕り厳重に手当て致し候囚人を、我儘に踏み込み討果たし候段、甚だ以って不束《ふつつか》の至りに候えば、お縄下たにも相成候御法に候処、天を戴かざる仇、鬱憤のあまり、ふと右様の仕末にも及び候儀につき、至孝の誠を感じお縄下たご免に相成候間……」

つまり法に触れているが、孝行の志に免じて縄は許され、村預けになって慎んでいるのだった。手紙からは好意が匂ってくる。しかし丑太には昼夜役人が付き添って監視している。縄は許されたが、一応法を犯した人間として扱われているようだった。「なおまた支配役所よりも委細お懸け合いこれある儀にご座候間、早々かくの如く」と手紙は結んである。

——早急に手を打つ必要がある。

と伝四郎は思った。

「ごくろうだった。早速浦田さまに申しあげる」

伝四郎は、善助を犒《ねぎら》うと立ち上がったが、帰ろうとする善助に声を掛けた。

「那珂湊からの飛脚二人は、とりあえず十分にいたわってくれ。あとでこちらからも沙汰するが、決して粗末に扱ってはならんぞ」

善助を帰らせると、伝四郎はすぐに詰合代官浦田七左衛門の私宅に向かった。

四

代官浦田七左衛門は、那珂湊からの手紙を見、伝四郎から七年前の孫之丞殺しの委細を聞くと、その夜のうちに丑太の親戚、五人組の者、母親を代官所に呼び出し、孫之丞が殺されたときの詳細、安五郎、丑太が家出した事情などを聞きとり、口書を作った。

この口書に、那珂湊からの手紙、さらに添状を持たせ、浦田七左衛門が上野伝四郎を城下にいる非番代官川村孫助にやったのは、翌十三日である。

川村はすぐに登城して当番御目付上山繁記に会った。浦田が送ってきた手紙、口書を差し出し、那珂湊の庄屋にする返事をどうすべきか、飛脚の手当てのことなどを相談し、上山から返事の下書、飛脚の手当てなどについて、それぞれ指図を受けた。上山繁記は、川村孫助が帰るとすぐに、江戸御留守居役宛に以上のことを報告した。庄屋与惣兵衛の手紙にあったように、水戸藩から南部藩江戸藩邸に早速懸け合いがあるものと思ったからである。

那珂湊から来た飛脚、弥助、吉蔵の二人は、検断善助が、御目付上山繁記に示された下書のとおり書き上げた庄屋与惣兵衛宛の返書を持って、十六日雫石を離れて那珂湊に帰った。

三月二十七日になって、雫石代官所の帳付庄助は、詰合代官の浦田七左衛門に呼ばれた。

「ま、茶を一服しろ」

七左衛門は女中にお茶を運ばせて、庄助にすすめてから言った。

「当村丑太の仇討ちの次第はすべて解っているな」

「はい」

と庄助は答えた。前前日に江戸表から指図があって、もう一度丑太の母親、親戚、五人組が代官所に呼び出され、孫之丞の横死、兄弟の家出などについてさらに詳しい口書が作られている。

江戸表からの書状は、「初発よりの始末、とくと御糺しの上、相違御座なく候わば、右丑太見知りの者、尤《もっと》も村方にて重立ち候者、右那珂湊村へ遣わされ、いよいよ丑太に紛れ之なく候や御改めしめ、その上にて否やを江戸表へ仰せ遣わされ候様」と指図していた。書状はほかに、丑太が国元を出たのは、当人の一存によるものか、公辺に届けが出ていなくとも、その向きに願い出、御聞き済みになっていたということでもあるか、それとも自然国元を欠落したもので、御届けもなかった者か、そのあたりも吟味願いたい、とも言ってきていた。

「伝四郎に、盛岡まで口書を届けさせたが、上山様から、丑太見届けのために水戸に行く人間を差し出せというお達しがあった」

「はい」

「そこで伝四郎とも相談し、お前をやることにした」

「………」

思いがけないことで、庄助は眼を瞠《みは》った。

「御用中は苗字帯刀が許されるということだから、正木という苗字を申し上げて置いた。正木庄助として、誰か丑太の親戚の者を供代わりに連れて行くとよい。その者に丑太を見届けさせるわけだ。なお支度料として二百疋《ぴき》下さるそうだ」

「恐れながら」

と庄助は言った。

「有難いご命令ながら、他国へのお使いは、まことに覚束なく存じます。いろいろと心得を承りませんと」

「心得と申しても、用談に入れば臨機応変に処置するしかあるまい」

七左衛門は庄助の顔をじっとみた。

「地のままでよろしい。万事まかせよう。ま、向こうは水戸様のお役人だし、とくに気をつかってもらいたいが、他邦に使いして君命を辱めないという気持ちも持たないといかんぞ」

「それではお引き受け申します」

しばらく考えこんだ末に庄助は漸く言った。

「盛岡で、川村殿に添状をもらって行け。向こうで用意して置くと言っておる」

庄助は翌朝早く雫石を発った。丑太の叔父孫之助を連れている。

盛岡の城下で、庄助は非番代官川村孫助を訪ね、南部信濃守内切田多仲、諏訪民司から、水戸宰相様御内御役人中様とした添状と、御目付上山繁記から、江戸屋敷の立花俊、大矢勇太に宛てた書状、道中切手などを受け取った。仙台岩沼から、相馬、岩城の平通りを経て、水戸領那珂湊に着いたのは四月八日の七ツ（午後四時）頃、那珂湊に射す日が斜めに傾いた頃だった。

着くとすぐに庄屋川上与惣兵衛を訪ねた。与惣兵衛は幸いに家にいて、庄助が切田多仲、諏訪民司の書状を出すと、庄助と孫之助を自分の家に休息させ、その間に書状を持って郡方役所に出かけた。

そこで相談があったものであろう。与惣兵衛は、帰るとすぐに、二人を紀国屋八兵衛という旅人宿に案内した。

その夜五ツ（午後八時）頃、村役人伊地知弥十郎という人が二人を宿に見舞った。丑太の見届けは翌日すぐに行なわれた。

四ツ（午後十時）頃、役人が庄助、孫之助を迎えに来た。三丁ほど歩いたところで、一見して郷士の家と見える構えの玄関に案内された。

奥へ通されると、座敷の正面に五十年配の武士がいて、そこから庄屋与惣兵衛以下の村役人がずらりと並んでいる。昨夜宿に見舞いにきた伊地知弥十郎の顔が見えた。

庄助が挨拶すると、正面の武士が挨拶を返して言った。

「それがしは郡方役所から来た者で大内清右衛門と申す。丑太見届けのため、遠路ご苦労に存ずる」

「このように罷《まか》り越しましたが、至って式法に不案内の者です。いろいろとご配慮を頂きたいと存じます」

と庄助は言った。大勢の前で喋ることなどなかったために、緊張してしまい、声が他人のもののように耳の中で響いた。

「丑太の親類を召連れたということだが、どういう身内でござるか」

「叔父の孫之助と申す者です。下男同様の者でありますが、引き合わせのために、お許し頂ければ末席まで呼び出して頂きたいと存じます」

大内はうなずき、合図して孫之助を次の間まで呼び入れた。孫之助が平伏している間に、大内は再び末席に合図した。

用意していたらしく、すぐに丑太が現われた。小者が二人付き添っている。丑太は月代《さかやき》も剃らず、長髪のままだった。

大内が庄助に声を掛けた。

「丑太と申しているのはこの者であるが、ご見分をお願いしたい」

「心得ましてございます」

庄助は言った。

――いよいよ正念場だ。うまくやらねばならない。

と思った。自分の一挙手一投足が、座にいる者すべてに注目されていると思うと、思いがけなく江戸の檜舞台に立たされ、いきなり主役を演じる羽目になった村芝居の役者のように、緊張のために胸が顫えるようだった。

事実これから行なわれることは、芝居か儀式のようなものだと、庄助は思った。次の間に、小者に付き添われて入ってきたとき、その男が丑太であることは、ひと眼で解っている。実際の見届けは終わっていた。

だが、庄助がこの男は雫石村の百姓丑太ですと言っても、人人の前には、まだ人別の疑わしい一人の男がいるだけである。そのことを人人に認めてもらうために、儀式が必要なのだった。儀式の重重しさと、芝居じみた所作まで加えて、一定の手順が運ばれ終わったところで、丑太は公けに承認され、正体不明の男から雫石村百姓安五郎の弟丑太として蘇生するのである。

浦田七左衛門は、まかせるとだけ言ったが、庄助は見届けの手順を非番代官の川村孫助から聞いてきている。庄助は那珂湊までの道中、幾度もその手順を反芻《はんすう》しながら来たのである。

小さく咳払いをしてから、庄助は少し重重しい声になって言った。

「いま少し、あの男のそばに寄って見ても差支えございませんか」

「よろしいようになされ」

と大内は言った。

庄助は一礼して座を立つと、丑太のそばに行った。丑太は俯いたままである。だが肩も円く、膝に置いた掌の血色もいいのは、監視人つきながら、村の扱いが悪くないことを示していた。

「顔を挙げなさい」

と庄助が言うと、丑太の顔が少し上がったが、まだ伏し目のままである。庄助はじっくりと丑太の顔、身体つきを眺めてから言った。

「そなたは、どこの国のものか」

丑太は初めてちらと眼を挙げたが、庄助の緊張した表情をみると、尋常に答えた。

「盛岡領雫石村の丑太と申します」

「宗旨は何宗で、寺号は何と言うか」

「済家《ざいけ》宗で、お寺は臨済寺と申します」

「私に見覚えがあるか」

「わが村の庄助どのでございましょう」

庄助は孫之助の方を指した。

「あそこにいるのが誰か、解るかな」

「叔父の孫之助でございます」

丑太の声が顫えを帯びた。たまり兼ねたように孫之助が言った。

「これは、甥の丑太に相違ありません」

「私もそのように見届けた」

庄助は言ったが、さらに問いかけた。

「父の仇を討ったことに相違ないな」

「はい。ご当所で、三月二日父の仇村上源之進を討ち留めましたことに相違ありません」

庄助はゆっくり座を立ち、元の席に戻ると大内清右衛門に向かって言った。

「ごらんの通りでございます。見分しましたところ、国元雫石村百姓安五郎の弟、丑太に相違ございません」

「ごくろうでござった」

大内も丁寧に答えた。

「見届けが済んで、我我もほっと致した。貴藩のご主君に申し上げられたら、さぞご満足なさることと思われる」

大内の言葉を聞きながら、庄助は緊張がゆるやかに解けるのを感じた。

——大切な役目が終わった。

と思った。次に南部領雫石村丑太と認められた男を請け取る仕事があるが、それは江戸藩邸の役人がすすめてくれる。

しかし、庄助、孫之助が、丑太ともども雫石村に帰ったのは、それから三カ月余も後の七月二十二日である。

五

庄助と孫之助は、那珂湊での見分を終わると、十二日早朝江戸へ向かった。江戸桜田門外の南部藩藩邸に着いたのは、十四日の日暮れに近い七ツ刻《どき》である。

すぐに中ノ口に向かって、当番御徒目付佐々木伊兵衛に会い、次第を申し上げ、上山繁記から預かった書状を差し出した。そのあと佐々木に言われて台所口に廻り、ここの下役大石直右衛門に会うと、すぐに二階に部屋を与えられ、ここが二人の当分の宿となった。食事は藩邸で出してくれた。

そのまま、日にちが経った。

その間に、孫之助が国元の田仕事が忙しいのに、家は手不足だから帰りたいと言い出し、庄助が佐々木伊兵衛にそのことを取り次いで叱られるというようなこともあった。佐々木の話によれば、丑太請け取りが遅れ、日にちが経っているのは、村上源之進が仙台浪人であるということで、水戸藩から仙台藩に、源之進の死骸を見分する者を派遣するよう懸け合っているが、まだ返事がないのだということであった。源之進の死骸は、塩漬けにして那珂湊村で管理しているのである。

六月初めになって、庄助は漸く佐々木に呼ばれた。

「仙台藩から返事があったぞ」

「いかがでございました」

「それが、だ」

佐々木は首をひねった。

「仙台藩では、家中、陪臣残らず吟味したが、村上源之進という名の浪人した者はおらず、領内にそうした者はかつて住んだことがないという返事だったそうだ」

「…………」

「ともあれ、丑太請け取りのため、出発は十七日と決まった。着物と支度金一両が下される。後で受け取るとよい」

丑太請け取りの人数は、御者頭兼御目付大矢勇太以下十四名、御使番川守田弥十郎以下七名、同心九名、御徒目付佐々木伊兵衛以下四名、それに庄助、孫之助、雨具持ち一名を加えて三十七名になった。十七日に江戸を発ち、那珂湊についたのは二十日である。

四ツ（午前十時）に着き、四ツ半（午前十一時）には水戸藩から立ち会った役人と一緒に源之進の死骸を見分し、所持品を改めた。このあと丑太、孫之助、庄助、那珂湊の村役人総代藤右衛門、源五左衛門、与惣兵衛の連判で、見分書を竪紙《たてがみ》に二枚作り、水戸藩、南部藩から立ち会った役人宛に差し出して、死骸の見分を終わった。

水戸藩からは物頭《ものがしら》以上郡《こおり》奉行吉成又右衛門、小従人目付太田斧次郎、同じく荒川戸田右衛門、郡方勤元締役笹島雄三郎、郡方勤西野孝次郎、郷士大内清右衛門、ほかに仇討ちの時に懸り合った大内藤次右衛門、近藤長四郎、それに連判の村役人三名が立ち会っている。

このあと大内清右衛門の屋敷へ行き、庭に幕を二重に引き廻し、ここに同心に付き添われた丑太を呼び出した。座敷の内に並んでいる両藩の役人の前で、もう一度丑太の見分が行なわれた。佐々木伊兵衛が縁先に進み、先ず庄助に向かって、

「この者は丑太に相違ないか」

と言った。

これを受けて縁先にいた庄助が、この前のように丑太に問いかけ、佐々木に向かって、

「この者は雫石村丑太に相違ございません」

と答えて、見分が終わった。丑太にはすぐに羽織、袴、青銅千疋を白木の台にの

せ、熨斗《のし》を添えて下され、両藩の同心二名が丑太を授受して、請け渡しの儀式が終わった。やがて南部藩の役人から水戸藩の役人に礼を述べ、大内の邸を出た。その時の順序は、大矢勇太、次に川守田弥十郎、佐々木伊兵衛、その後に丑太が続き、丑太の前後を同心が警護した。

宿に戻ってから、丑太に頂いた羽織、袴を着せ、改めて佐々木伊兵衛、庄助が付き添って、水戸藩から立ち会いの役人に礼を述べて廻った。次に大矢勇太ら藩の役人にも礼を述べ、明朝発つというので、夜の中に庄助が大内清右衛門、川上与惣兵衛ら土地の世話になった者たちに礼を述べて廻った。その夜水戸藩役人から樽酒、肴が届けられた。

那珂湊を発って二十四日、江戸に着くと、丑太は庄助、孫之助預かりという形で、藩邸の二階で慎んだ。

七月四日になって、御徒目付所に庄助が呼ばれ、丑太の慎みを許し、明五日には暇をくれると申し渡された。帰国の道中取り締まりは、御徒目付久慈直右衛門があたることも知らされた。

庄助は帰って孫之助、丑太にそのことを知らせると、すぐに久慈直右衛門に挨拶に行った。このあと、月代を剃って別人のようになった丑太を連れて、今度の一件の懸り役人を訪ね、お礼とお暇乞《いとまご》いを述べて廻った。

御徒目付佐々木伊兵衛を訪れると、伊兵衛は、

「仇源之進は仙台生まれということだったが、もし源之進の縁者で、丑太のような気持ちを持った者がいて、途中変事があったときはどうする」

と言った。

庄助は丑太と顔を見合わせたが、

「そういうことがあっても、見苦しい真似はしないつもりです」

と答えた。だが、このとき庄助は那珂湊で村役人の藤右衛門から聞いた話を思い出した。

それは那珂湊の岩井町で十三年前にあった仇討ちの話だった。岩井町は湊村とは川ひとつ隔てた場所にあるが、ここで相州小田原大久保加賀守家中の足軽で、朋友を斬って逃げてきた者が、一年後に訊ねあててきた斬り殺された方の子供である兄弟に討たれた。兄弟と討たれた者の死骸の請け取りで、小田原藩は兄弟は引き取るが、死んだ者は領内を出奔した者であるから引き取れないと言い出しひと悶着あった。水戸藩との懸け合いがあって、小田原藩では、結局両方を引き取ることになった。

その請け取りの人数が二十三人で、その二十三人が同じ衣服を着て来た。帰りには兄弟にも同じ衣服を着せて、二十五人となって引き揚げたと藤右衛門は言い、

「あれなら、どれが仇討ちした者か、見ただけでは一向に解りませんな。見事なものでした」と言ったのである。

庄助はそのことを思い出していた。用心するに越したことはない、と思った。

「佐々木さま」

と庄助は言った。

「丑太の仇討ちは、日にちもかなり経っておりますので、恐らく諸国に噂が流れているものと思われます」

「恐らくその通りだ」

「用心のために、旅の間丑太の名前を変えさせようかと思いますが、構わないものでしょうか」

「それは一向に構わん。その方がいいかも知れん」

と佐々木は言った。

七月五日朝六ツ（午前六時）、帰国の一行は江戸を離れた。久慈直右衛門のほか、池田忠左衛門の組から太田嘉平治、太田喜左衛門、白岩泰助の三人の同心が付き添っている。丑太は倉吉と名を変えていた。だが、何事も起こらなかった。

盛岡の城下に着いたのは、七月十七日である。日射しはまだ暑かったが、岩手山の山肌を走る雲の影に、晩夏めいたいろが明滅するのを眺めながら、庄助は丑太に囁いた。

「やっと帰ってきたな」

丑太は答えなかったが、唇を引き結んで黙ってうなずいた。

その日は茅町の高橋屋に泊まり、久慈直右衛門、同心三人は庄助たちと別れて、城中に入った。庄助は代官浦田七左衛門に帰国の届けを出したいと思ったが、久慈に丑太の預かりを命じられているため、孫之助をやった。浦田からは沙汰あるまで休息するように、との返事があった。雫石を離れている間に代官は交代して、浦田七左衛門は非番に、詰合代官に川村孫助が代わっていた。

二十一日になって、浦田七左衛門から呼び出しがあった。丑太を連れて行くと、浦田は、

「明日、雫石に帰ってよろしい」

と言った。

「ただし丑太は遠足留めとなった。御目付からのお達しだ」

浦田は雫石までの伝馬切手を渡すと、表情を柔らげて、

「ごくろうだったな。さあ、話を聞こうか」

と言った。

翌日、庄助、丑太、孫之助は雫石村に帰った。すぐに代官所に川村孫助を訪ねて

挨拶すると、川村は上野伝四郎、仮お帳付をしている新八を呼び、丑太の親戚の者を呼び出して、丑太の遠足留めを言い渡してから、庄助の働きを犒った。翌日、庄助はもう一度代官所に呼ばれ、川村に水戸湊村での始末、江戸表での模様などを話した。

代官所を出ると、明るい日射しが庄助の身体を包んだ。やや淡いその光に包まれていると、丑太の仇討ちにからむ一件がすべて終わったのが感じられた。庄助は眼を細めて、秋田との国境いを縦走する山山の中に、日が傾いているのを眺め、蒼い空の下にひろがっている雫石村を眺めた。すると遠い江戸まで出かけ、心が疲れる仕事に日を過ごした日日が、信じられない気がしてくるのだった。

その後丑太は城に召し出され、二人扶持《ぶち》を頂いて、与力藤村丑太となった。雫石村の二人の失踪人のうち、一人は現われて父親の敵を討ち、もてはやされて武家身分となった。

もう一人の失踪人、丑太の兄安五郎がどうなったかは、記録にない。

幻にあらず

一

「いかがでした」

と藁科松伯《わらしなしょうはく》は言った。

松伯の眼は、裃《かみしも》をとり袴を脱ぐ竹俣美作当綱《みまさかまさつな》の動きを追っている。見ないが、当綱には松伯の視線がわかる。それが少し煩わしい気もする。出迎えた家士の言葉によると、松伯は当綱が藩邸に出府の挨拶に出むくと間もなく、この役宅にきて、そのまま坐りこんで、お茶ばかり飲んでいたという。

江戸家老に就任した当綱は、今日出府して藩邸に顔を出したとき、すでに松伯と顔を合わせている。一たん役宅に落ちついて、服装を調《ととの》え、奥に挨拶に出向いた留守に、松伯は今度は役宅にきて上がりこんでいるというわけだった。

「……」

当綱は何となく溜息のような声を洩らした。松伯が何を聞きたがっているかは解っているが、迂闊には答えられない気もしている。それは慎重さよりも、ある種の戸惑いからきている。

いま会ってきたばかりの、一人の少年の姿が、眼の奥に残っている。怜悧な眼と、骨細な感じの体をしていたと思う。当綱が挨拶するのに、細いがはっきりした声で、ごくろうだと言った。それだけの材料から、どう判断しようもない、というのが、当綱の正直な気持ちだった。

「いかがでしたかな？　直丸様のご印象は」

松伯は、当綱が坐ると、待ちかねていたようにまた言った。その眼は笑いを含んで、当綱の顔をじっとのぞき込んでいる。当然いい返事を聞けるものと、決めこんでいる表情だった。そういう種類のうまい返事を聞きたくて、松伯は一刻《いっとき》もの長い間、黙りこくってお茶を飲みながら、当綱が藩邸から戻るのを待っていたようであった。もっといえば、松伯はそれを聞きたいために、当綱が江戸に登るのを待っていたのかも知れなかった。

松伯は三年前から藩主重定の侍医であったが、学者としても傑出し、米沢にある家塾の菁莪館《せいがかん》には、藩内の俊秀が集まっている。当綱も菁莪館に出入りして、松伯の儒学講義を聞いていた。その師が、いまそわそわとして、どことなく落ちつかないのを、当綱は少し気の毒に感じる。

「なかなか賢そうなお方ではありませんか」

と当綱は言った。当綱が直丸に会うのは、今日が初めてだった。

米沢藩主上杉大炊頭《おおいのかみ》重定が、直丸を正式に養子に定めたのは、二年前の宝暦十年六月である。直丸は日向《ひゅうが》高鍋藩主秋月佐渡守種美の次男で、初め松三郎と言った。重定には男子がなく、女子三人のうち二人は早世し、次女の幸姫がいるだけだったので、将来幸姫に配する含みで、一年ほど前から松三郎の養子を内定したのである。松三郎の母が重定の従姉で、祖母瑞耀院は即ち叔母にあたるという縁であった。

松三郎は、六月に養子が決定すると、その年の十月十九日、秋月家の江戸屋敷一本松邸を出て、上杉家の江戸桜田邸に移った。そのとき松三郎を直丸勝興と改めている。

重定は、松三郎を養子に決定する四カ月前に、国元の側室との間に、男子勝熙《かつひろ》をもうけたが、約束どおり松三郎を養子とした。ということは、次代の藩政を、高鍋三万石の次男にゆだねることを、そこで決定したのである。

「それだけですかな？」

松伯はやや不満そうに言った。松伯は重定に従って先年江戸に出たとき、直丸に会っている。松伯は、手紙でも、また帰国したときも、瑞耀院が重定に当時の松三郎を推選して、「この子は普通の子と違うところがある」と言った言葉を挙げ、将来楽しみな方だと言っていたのである。松伯は直丸に尋常でない器《うつわ》の芽生えをみ、そのことを当綱の眼で確認してもらいたがっているのだった。

「しかし初めてお会いしたわけで、これ以上のことは申しあげかねますな」

「それもごもっとも」

と松伯は言ったが、まだ釈然としない顔色だった。やや反撥する口調で続けた。

「しかしあなたにも、いや不調法。ご家老にもいずれわかることです。直丸様は並みの器ではありませんぞ」

「いまおいくつであられますかな？」

当綱は呟いた。

「元年のお生まれゆえ、十二でござりますな」

「十二ですか」

「楽しみでござりますな」

松伯は眼を細めたが、当綱は十二という年から、別のことを考えていた。

——間にあうか。

間にあうまい、と当綱は心の中で自答する。米沢藩は、寛文四年に藩主綱勝が急死して、領地は従来の三十万石から十五万石に半減されたが、そうでなくとも豊かでない藩財政は、その後悪化の一途をたどって、いまは破産の寸前にあった。その建て直しということになると、当綱は人にこそ言わね、ほとんど絶望的な見通しを持っている。

その絶望感の中には、現藩主重定がこういう藩政の危機にいっこうに無頓着なことも含まれている。だから、やがて次代藩主の位置に登るべき直丸の人物について、藁科松伯がほめそやすのを聞くとき、当綱は正直に言って、闇夜に光をみる気がしないでもない。だが仮に米沢藩が得たものが英明の資質であるとしても、それは萌芽である。この人が藩の建て直しに取り組む時期まで、恐らく、藩が持つまい。

「お茶をもらおう」

当綱は手を叩いた。

「腹はいっぱいだが」

「しかし、まだお話がござる」

「そういえば、国元の様子はいかがですかな」

「この間、南天筒蔵の屋根が崩れ落ちましてな」

「ほほう」

「調べてみると、長年雨漏りが続いていたとみえて、鉄炮がことごとく腐っておった」

「………」

「草とりの人足を入れることもないから、城内は今も草ぼうぼう。日暮れに城を下がろうとした者が、眼の前を走る狐狸《こり》を見たと申す。恐らく城内に棲みついておるものでござろう」

婢《はしため》が入ってきて茶を換える間、二人は黙って縁の外の景色に眼をやった。雨季がまだ去っていないことを示す雲がひろがり、むし暑い空気が淀んでいる。

「亡国の相ですな」

婢が去ると松伯はそう言い、腹がいっぱいだと言いながら、がぶりと茶を飲んだ。松伯がさっき敬遠したようなことを言ったのも道理で、出されたのは番茶だった。それだけで、干菓子《ひがし》の一皿も添えられているわけではないが、一部の人間をのぞいて、上杉家の人人はもうそういう暮らしに馴れていた。

「雨といえば、あちらも……」

松伯は藩邸の方に顎《いた》をしゃくった。

「あちこち傷んできたようで、十日前に大雨が降った折に、執務部屋の脇を通ったら、なんと部屋の中で傘をさしておる者がおりましてな」

当綱は思わず笑い出した。松伯も笑った。二人はしばらく腹に力のこもらない笑い声を合わせた。貧も極まると剽《ひょう》げた顔を見せるようだった。

「聞いてみると、去年の秋の大風で、瓦が割れたが、屋根葺きも頼めぬのでそのままになっているということでございましたな」

「国中雨漏りだらけでござる」

「あそこは、その後いかがですかな」

松伯の声が少し低くなった。

「あそこは雨漏りどころではございますまい」

「とてもとても」

当綱は暗い眼で、松伯をじっとみた。すると今年三十四の当綱の顔は、五十男のように老《ふ》けた相貌になった。

「表町は、例の蔵の中に数寄屋をつくったそうで、炉の脇に井戸を掘り、そこに銀の釣瓶《つるべ》をかけておると。これは祐筆《ゆうひつ》の木村がじかにみたと申すから、まことでござろう」

表町というのは、いま藩政を牛耳っている森平右衛門利真《としざね》のことである。

森ははじめ与板組に属し、僅か二人半扶持三石取りの微禄だったが、寛延二年新知二十石をうけ、五年後には五十石に加増され御側役に昇進すると、次第に重定に重用され、小姓組次役から、小姓頭を経て、いまは三百五十石を食《は》んで郡代所頭取の位置にあった。

昨年重定は、表町に代官所を設け、これまで私宅で行なっていた代官執務をここに集めると同時に、森にこれを統轄させた。この結果、森には異様なほど権力が集中し、農政だけでなく、米、棉、紅花、繰棉《くりわた》、青苧《あおそ》などの売買に関連して、商業政策もすべて森の権能の下に置かれることになり、森はいま、実質的に藩政の中心に坐っていた。

森は、従来の肝煎《きもいり》の上に、新たに数カ村単位の大庄屋を置くなど、郷村の支配機構を強化する一方、紅花、棉、青苧など商品価値の高い作物を重視して、農村と商人との結びつきを強め、農民、町人の双方から金を吸い上げる政策をすすめていた。その一方、富裕農民、町人に献金をすすめ、代償として苗字帯刀の許可、あるいは士分取り立てを盛んに行なっている。

森の政策が、それなりに窮迫している財政建て直し策としてすすめられていることは認めながら、当綱には、その手段に一点うさんくさいものを感じないではいられない。当綱は、政治には綱紀というものがあるべきだと考える人間である。金が入ればいいというものではあるまい、と思う。

献金によって苗字帯刀を購《あがな》う風は、森がはじめたわけでなく、すでに財政が傾いていた享保の頃からあったことである。その頃城下立町の町人惣六が、百両を献金して帯刀を許されたのを諷して、次の落首があった。

百両の金を刀にとり替えた
　米沢一の馬鹿の惣六

当綱は、米沢一の馬鹿という批評に、政治の綱紀を感じる。町人は町人らしく、武士は武士らしくあらしめるのが政治なのだ。

森の政策のうさんくささを象徴するように、郡代役所には、城下の富商中村荘兵衛、江戸商人野挽甚兵衛が相談役として入りこみ、一方に森本人の豪奢な暮らしがあった。

森は表町に家を建てたが、敷地は町内から土を買い取って、地形を一段高くし、その上に黒塗りの高い門と塀をめぐらした、宏大な屋敷だった。座敷ごとに金銀をちりばめ、庭には築山を造成して奇岩怪石を運びこみ、水車で、築山から滝を流すというふうで、森の権力と豪奢な暮らしをみて、「もはや半国の地頭も同然だ」と慨嘆する声もあった。森はこの庭と屋敷の手入れのために、常時三十人の人足を雇っている。

郷村から、城下から吸い上げる金を、森がすべて私しているとは、むろん当綱も思わない。だがその金が藩庫に納まる経過の中で、森や、その周囲を潤していることも疑う余地のないことに思われた。

しかもその金は、森の施策によって、豊かに変わった郷村から出てくるわけではなかった。郷村は、宝五の飢饉以来の荒廃から、未だに立ち上がれず、百姓家には炉の灰も無くなったとさえ言われている。実のない政治の上っ面で、金だけが異様な動きを示している──。

──森の政策で、藩が立ち直ることは、あり得ない。

当綱のその確信は、いまはゆるぎないものになっている。

当綱にむかって、森の執政に対する危惧を最初に表明したのは松伯である。松伯の家塾菁莪館には、当綱のほかに、祐筆の木村丈八高広、御仲の間組の莅戸《のぞきど》九郎兵衛善政、佐藤文四郎秀周、倉崎恭右衛門清恭らの、若手の俊秀が集まっている。儒書の講義が一段落したあと、彼らは師の松伯を囲んで、国を憂え、藩政を論じて、激越な言葉をかわしたりした。そしていつの間にか、松伯を中心にする数人の、そういう集まりが固定したのである。集まりは固定し、ひそやかになった。

森の政策が失政だという見方は、彼らの間で、動かない確信となっているが、彼らの論議は、そこではたと行き詰るのが常だった。ほかでもない、森のその政策を支持しているのが、藩主重定だという事実が、彼らを沈黙させるのである。

いまも松伯の声は、何かを恐れるように低くなっている。森は市中にも郷村にも、隠し目付を放っている。江戸藩邸にも、森の手は届いていると見なければならなかった。

「このまま見過ごしになるまいと思いますがの」

「……」

「上の方方の様子はいかがですかな？」

「千坂殿、芋川殿とは、こちらにくる前、ひそかに談合してみた」

当綱は太い吐息をついて、首を振った。

「だが、まだ何とも言えぬところですな」

「森排斥までは、同意なされない？」

「いや、千坂殿にしろ、芋川殿にしろ、かの男には満腔の不平を隠さなんだ。だが、しからばどうするという話になると、口を濁すばかりでしたな」

「……」

「おう、同意といえば……」

当綱はふと明るい顔になった。

「こちらへ来る前に、駿河守さまに呼ばれましてな。行って来ました」

「ほほう」

松伯は眼を光らした。そのままじっと当綱をみている。

藩主重定の父民部大輔吉憲は、享保四年弟の主税《ちから》勝周《かつちか》に、領内の私墾田一万石を分けて支藩とした。勝周は駿河守に任ぜられたあと、延享四年に歿したが、いまは嫡男の勝承が継ぎ、宝暦元年に叙任して駿河守となっている。重定の従兄だった。

「かの男のことをいろいろと訊ねられた。本家のことをよほど心配しておられる。しかもよく事情をご存じでござってな。こちらが驚くほどでござった」

「それは吉報」

しばらくして松伯はぽつりと言った。一万石の分家ながら、支藩上杉の存在は軽くない。勝承が森の動きに注目していることは、森の執政を、真の藩政建て直しの上からみて、むしろ有害と考えている二人を力づけるものだった。

仮りに森を有害な存在と断定しても、森を否定することは藩主重定を否定することになり兼ねないところに、当綱や松伯の当惑があったが、もし勝承の後押しがあれば、そこに一条の光をみることも出来る。松伯の低い呟きは、そういう状況を理解した声だった。

「諦めることはありませんな」

松伯は、不意にいきいきした笑顔で、当綱をみた。

「さよう、諦めることはありませんぞ。ことに直丸さまというお方もおられる」

失礼ながらはばかりを拝借、と言って松伯が座敷を出たあと、当綱は茶碗をとりあげ、ぬるい茶をゆっくり飲みくだした。

松伯の言葉に触発されて、もう一度、さっき会ってきた骨細な少年の姿が、ゆっくり眼の奥を横切るのを感じた。

二

米沢藩の窮乏は、中納言景勝が、関ヶ原役のあとで会津百二十万石から米沢三十万石に減封されたときに始まる。景勝は五千人の譜代家臣を、召し放つことなくそのまま連れて米沢に移ったが、そのかわり家臣の俸禄は三分の一に減らさざるを得なかった。しかしこの大変革に際して、家老直江兼続《かねつぐ》は、中級家中でもかて飯を喰うような倹約を徹底させる一方、――下級武士を半士半農として城外に配置し、国防と開墾を兼ねさせるといった思い切った施策を講じ、農民に対しても、やたらに年貢を重くする方法はとらず、むしろ新田開発を奨励して、その分の年貢を軽くし、拓いた田地の十分の一を与えるなどして優遇した。

こうした直江の施策が根をおろし、藩はつましいなりに安定を保ってきたのである。即ち景勝の後を継いだ定勝の代には、お囲い金と称した軍用金が、玉金、延金で十四、五万両貯えられていたほどであった。

しかし寛文四年閏《うるう》五月七日、そのときの藩主綱勝が急死するということが起こり、米沢藩の財政は以後急速に傾くのである。

播磨守綱勝は急死したとき二十七で、まだ定まる嗣子がなかったのが第一の躓《つまず》き
であった。後嗣がなければ家断絶が幕法の定めるところである。藩では、綱勝の先
に歿した正室清光院が、当時幕政に参画して権力のあった会津藩主保科正之の娘だ
った縁を頼って、正之に藩継続を嘆願した。

この嘆願は、家老の沢根伊右衛門恒高、江戸家老千坂兵部高次が中心で、綱勝の
生母生善院が、吉良義央の長子で、綱勝には甥にあたる三郎を養子にしていたのを、
後嗣に立てたいと願ったものだった。

正之の斡旋が利いて、六月五日沢根、千坂それに国元から出府した中条越前、安
田兵庫の四人が大老酒井雅楽頭《うたのかみ》の邸に呼ばれ、老中立ち会いの上で三郎の跡目相続、
三十万石を半分の十五万石とする旨を申し渡された。

このいきさつについて、次のような話がある。福王寺八弥信繁は、綱勝の寵臣で、
小姓頭を勤めていたが、跡目相続について沢根、千坂らの重臣と別の意見を持って
いた。福王寺の考えは、正之の子で、清光院の弟にあたる東市正を養子にし、これ
に吉良義央の娘を配して綱勝の跡を継がせるというもので、福王寺は、市正は家康
の曾孫にあたるということもあり、また正之のさらに強力な後押しも期待できるか
ら、三十万石をそのまま継続できよう、と主張したという。

しかし沢根らの重臣は、福王寺の器量を恐れ、嗣子擁立の功を奪われるのを心配して、福王寺の意見をつぶし、三郎擁立をすすめた。このため、跡目は相続出来たものの、領地は半減したので、この事情を知った家中上下は、ことごとく沢根、千坂らを恨んだというのである。

こうして米沢藩は、伊達、信夫両郡と屋代郷三万石の計十五万石を削られ、置賜《おきたま》十五万石だけとなった。

しかし延宝三年元服して弾正大弼《だいひつ》綱憲となった新領主に、その緊迫感は薄かったようである。綱憲は参覲にも侍組、三十人頭、物頭組を召しつれる盛大な行列を組んで往来し、また延宝年間には、本丸御書院、二ノ丸御舞台、また麻布御殿を新築して、その格式を張ること三十万石時代以上だと言われた。綱憲は能を好み、しきりに能興行を催し、おびただしい能装束を持っていた。二ノ丸に御舞台を造営したのもそのためである。

元禄の、そういう風潮の時代であったことは否めないが、領地半減の事実は厳しく、その影響は、農民への年貢課役の過重、農民の子供の間引き、逃亡などとなって徐徐に郷村の疲弊を深めつつあったのである。

米沢藩は半農の下級藩士を抱えているとはいえ、十五万石で五千人の家中を養っていた。これにくらべ、たとえば同じ羽州山形藩の水野家は五万石で五百人そこそこ、十四万石の荘内藩酒井家は江戸詰を入れても二千人ちょっとといった人数であった。しかも荘内藩は実質で二十万石以上といわれていることをみれば、米沢藩家中の人数は、いかにも多いわけであった。その負担が郷村を弱めないわけはなかった。

綱憲の元禄大名らしい豪奢をささえたのは、先先代定勝が死去したときに、十四、五万両と数えられたお囲い金であったが、綱憲が元禄十六年致仕したころには、お囲い金は二万四千両に減り、次代の民部大輔吉憲が藩政を継いだ宝永元年には皆無となった。

綱憲も贅沢だけに明け暮れた暗君ということではなく、たとえば元禄十年、城下元細工町に学問所を創設し、また同じ年城内北廓内に感麟殿と名づける聖堂を建設して、家中に好学の風をひろめるなどしている。だが奥高家《おくこうけ》吉良家の出として身についた社交性と、格式を張る風は、生涯改まることなく、藩の出費を多くし、財政疲弊を強めたのであった。

藩では、元禄八年に二人の国家老と江戸家老の役料を削減し、家中の奢侈《しゃし》を禁じたが、綱憲施政の末期、元禄十五年に至って、ついに家中の俸禄四分の一を借り上げた。同時に家中、郷村に倹約令を出したが、家中の場合をみると、知行高に応じて、従者、手槍、挟箱などを減らし、また衣服は木綿とし、仏事、葬式、婚礼は一汁一菜に酒三献と定め、正月のほかは、五節句、彼岸といえども赤飯を炊いてはならないといった厳しい内容のものだった。

すでに家中の中には、生活の苦しさから内職に走る者がいて、また下級武士の間には生まれた子供を間引いたり、ひそかに領国を逃亡する者が出ていた。武器を売ったり、養子を入れて、藩から拝領した屋敷、家を譲り、自分は借家住まいをすることがはやった。

領地半減という異常な事態に対して、有効な対応策を打てなかったひずみが、なし崩しに藩の資力を弱め、お囲い金が底をつくと、窮乏は決定的なものとなったのである。

綱憲のあと、吉憲、宗憲、宗房の三代、ほぼ四十三年間、米沢藩はこういう窮乏を深めながら経過した。この間家中の俸禄借り上げは、たびたび行なわれ、享保十八年に幕府から江戸城の堀さらいを命じられたときは、前例のない半知借り上げを行なった。しかし空前と言われた半知借り上げも、寛延三年以降は常習化し、借り上げとは名ばかりで、返すことのない半知借り上げが以後七十八年間にわたって続くのである。

下級武士の内職は普通のことで、足軽などは商売のために勤めの時刻に遅れても、その旨を上司に断わればよかったし、橇《そり》を引いて町を歩いている下級武士が、重臣級の侍組の者と出会っても道をあけなかったということが起こったり、また城下を煙草を喫いながら歩く者、頰かむりして背に荷を負い、意気揚揚として町を歩く者がいるというふうで、士風も廃《すた》れた。

米沢藩では、馬廻組、五十騎組、与板組の中級武士を三手と称したが、三手級の武士たちも内職の細工物に励み、家財を質入れして暮らしを凌《しの》いでいた。城下大町の商人吉井忠右衛門は、こうした家中武士たちのために、館山口通りに質屋を開いたが、これは藩の許可を得たものであった。

郷村からの年貢取り立て強化は、極限にきていて、藩では領内、他国の富商から借金を重ねて行った。

こうした米沢藩の窮乏に、決定的な打撃を与えたのが、現藩主重定の代になってからの宝暦四年の上野東叡山根本中堂修理、仁王門再建の手伝い工事命令であり、宝五の飢饉と呼ばれる宝暦五年の大凶作、続く六年、七年の不作、大洪水であった。

重定は、前年の暮れに上野の工事手伝いを命ぜられると、ただちに金策にかかったが、領内からの出金は六千二百六十両で、越後の渡辺儀右衛門から千七百両、与板九郎右衛門から四千五百両など領外からも借金したがそれでも一万二千四百六十両に過ぎず、ついに悪税の最たるものといわれる人別銭を課して、この危機をしのいだのであった。人別銭から除かれたのは寺院、修験《しゆげん》、座頭だけで、そこに住む雇人、門屋《かどや》借りからさえ、八文ずつの人別銭を取ったのである。工事費は五万七千四百両余りであった。その年、上野の工事が終わった十月から翌年九月まで、年間の出費見積り書を提出した勘定頭七名は、不足見込み二万五千六百両余りの工面について重定の意見を仰ぎ、「御家中は摺《すり》切れ果て、御借金は莫大に相なり、自他国とも度々の（借金）お断わりにて」借金もままならず、「上方でも御家の評判悪しく金策の途は立たない、「誠に以て千万尽き果て、お役目相立ち申さざる儀に存じ奉り候」と述べた。米沢藩の窮乏ぶりは、諸国の金主からも見放されるほどのものであった。

この情勢に追い打ちをかけたのが、宝暦五年から七年にかけての大凶作と洪水であった。ことに宝暦七年の松川、野川、吉野川の洪水は、領内に七万石の休地を生じたほどで、この間、貧農は山に入って百合《ゆり》、蕨《わらび》の根を掘り、山いも、山うつぎ、山ごぼう、鬼あざみなどをとって食べた。食べるもののない者は、物乞いとして領内をさまよい歩き、その間に、年寄り、子供、病者は途中で捨てられた。村中の者が里に降りて、亡村となった山間の村もあった。

宝暦五年の九月には、下級武士に使嗾《しそう》された百姓五、六百人が城下の酒屋遠藤勘兵衛、久四郎、喜右衛門を襲い、三日後には下級武士四、五百人が、桐町の富商五十嵐伊総右衛門、立町の油屋五左衛門を襲って土蔵を破った。

この首謀者四名は、すぐに斬罪にされたが、飢饉は江戸藩邸にもおよび、数カ月もの間扶持米をもらえない家中が、桜田の上屋敷に集まって勘定頭棚橋文太郎をつるしあげる騒ぎとなり、江戸家老以下要職の者が、刀、衣類を質に入れて七、八カ月の渡し切りにして漸く鎮めるという有様だった。

藩が、幕府への進物棉から、一包みから二、三枚抜きとり、二十匁蠟燭《もんめ》を十八匁にして信用を落としたのは、このあとのことである。藩が借金しても返済しないので駕籠訴されたり、また家老屋敷の玄関で、町人が高声で借金の返済を督促したりした。督促を頼まれた出家や盲人が家中屋敷の前で鉦《かね》を鳴らし、経を読み、三味線をひいていやがらせをする光景も見られた。

大洪水があった翌年の宝暦八年、藩主重定は出府する費用がなく、再び人別銭を徴収した。今度の人別銭は、江戸詰、他国に出ている者にも掛けられた。高鍋藩主秋月種美の次男松三郎が、重定の養子に内定したのは、この年である。

郡代頭取森平右衛門は、こうした情勢のあとを受けて、藩政を仕切っていた。だが藩政を挽回する実効の見えないうちに、森は自らの手中にしている権力の強大に驕《おご》り、溺《おぼ》れていた。

三

江戸家老竹俣当綱が、ひそかに江戸から米沢城下に入ったのは、宝暦十三年二月七日の夕方である。当綱は、屋敷に寄って旅装を解くこともせず、そのまま国家老千坂対馬の屋敷に入った。米沢の二月は、まだ町並みの間に雪が残り、人足は日が沈むとめっきり途絶える。当綱の姿を見咎めた者はいなかった。

千坂の屋敷には、千坂と侍頭の芋川縫殿が、当綱を待っていた。

「途中寒かったであろう」

千坂は当綱をねぎらって、茶をすすめた。

「山はまだ雪が多うござりましてな」

当綱は手焙《てあぶ》りに手をかざしながら、鼻をすすった。当綱は単身板谷峠を越えてきたのである。

「ところで、色部殿は、まだでござるか」

手紙でした打ち合わせでは、もう一人重職の色部典膳が、今夜の密会に加わることになっている。

「いや、間もなく参ろう」

それまで黙っていた芋川が言って茶を啜った。当綱も茶を啜ると、茶碗を置いた手をいそがしくこすり合わせ、懐から油紙を出した。

「これが、明日森につきつける詰問状でござる。一応認《したた》めて参ったが、ご覧頂いて、その上、筆を入れて頂けたら有難い」

「どれどれ」

と言って千坂は、当綱から巻紙を受け取ると、行燈《あんどん》の光に身体を傾けて黙読した。

詰問状には、上野東叡山普請金の使途不明、濫《みだ》りに人別銭を徴収した責任、驕奢《きょうしゃ》な暮らしぶりの弾劾など、十七カ条にわたって森の失政、非行を並べてある。

当綱は、千坂、色部、芋川と四人で、明日八日、森を二ノ丸奉行詰ノ間に呼び出して、その詰問状をつきつけ、その場で腹を切らせるつもりだった。

「まず、こんなものではないかの。よく出来ている」

千坂は読み終わると、芋川にそれを渡しながら言った。芋川はざっと眼を通すという感じで読み終わると、さらさらと巻き戻して当綱に返した。無言だった。芋川には、以前から若い当綱を軽く視る風がある。当綱にはそれが解っているが、何も言わずに受け取った。森を執政の場から逐《お》うのに必要なのは、芋川の人物でも器量でもない。侍頭という肩書きである。

「分家にはご挨拶するひまもありませんが、そちらの方は大丈夫ですか」

と当綱が言った。支藩の上杉勝承のことである。

「それはわしから十分お願いしておいた。いざというときは口添えすると、申されておる」

「しかし、殿の方は構わんのか」

芋川が口をはさんだ。

「つんぼ桟敷に置いたままでは、さぞお怒りになろうと思うがの。森に腹切らせるのはいいが、我われも腹を切らされるのではたまらんぞ」

「それはわれらの結束次第でござろう。かねて打ち合わせたとおり、森をのぞいたあと、諸重職に呼びかけて、連署して殿に意見書をたてまつる。それで殿を押し切るしかござるまい」

「……」

「先ず森をのぞくことが第一。それが出来なければ、藩は闇夜でござる。それがしは今度のことに命をかけていてござる」

「わしにはそこまでの覚悟はない。そこが竹俣との違いじゃな」

と芋川は言った。

「まあ待たれい」

千坂が割って入るように、言葉をはさんだ。

「ここまできては、もはや引くことは出来ん。竹俣が言うことには道理がある。それで加担したわけだから、やるところまでやらんとな。連署の件は、わしが取りまとめる。それはいささか自信もあるので、まかせてもらいたい」

「もし森が……」

当綱は顔を上げて、二人を交互に見た。

「腹を切らなんだときは、当然刺すことになります」

「……」

「この点は、ご異存ありませんな」

二人は沈黙したまま当綱をみた。当綱も黙って二人を見返した。不自然な沈黙が続き、芋川が身じろぎして何か言おうとした。そのとき襖《ふすま》の陰で、さっき茶をはこんできた若い婢の声がし、「色部様がおみえでございます」と告げた。

色部は、当初から当綱の森排斥策に賛成していたので、そのあとの密談は簡単に済んだ。森が腹を切るのを拒んだときは、四人が力をあわせて刺すという一項も承認された。

千坂の屋敷を出て、当綱は夜の城下町をゆっくり自分の屋敷にむかった。空に星ひとつみえない暗い夜だったが、道はまだかなりかさのある雪に覆われ、足もとにはほのかな明るみがある。雪の道は、夜になって凍りついたとみえ、時おり踏む足の下で鋭くきしむ音を立てた。その音が、両側に続く黒い屋敷塀に反響したが、歩いている人も見えず、塀を洩れる灯の光もなく、町は耳鳴りがするほど静かだった。

——これで一段落だな。

と当綱は思っていた。屋敷に帰って、佐藤文四郎と倉崎恭右衛門を呼び、明日の手配りをする仕事が残っているが、ここまで来れば、森を藩政から斥《しりぞ》ける計画は、ほとんど成就したも同然だという気がした。あとは森に腹を切らせるだけだが、もし森がそれを承知しないときは、当綱は単独でも森を討ち取るつもりでいる。

千坂らの藩重職を、ここまで踏みきらせるのがひと仕事だったのである。今夜集まった三人だけでなく、家老職、侍頭の大半は、森の執政に不満を持っていた。だがその不満は、くすぶり続けているものの、積極的な森排斥との間には距離のある感情だった。不満の底にあるのは、先ず森の成り上がりぶりに対する反感であり、そうかといって森にかわって藩を建て直す方策は容易に見出せないという消極さだったからである。不満を持ちながら、重職たちは、時勢に流される安易さの中に無気力に坐りこんでいた。

しかし森を斥けることは、当綱単独では不可能だった。仮りに森を討ったとしても、藩主の信頼の厚い寵臣を殺害した、一人の叛臣として処分されるぐらいがオチだった。それに森を討って、それで藩がすぐに立ち直るといったなまやさしい情勢でもなかった。森を斥けたあとに、もっと難しい藩政建て直しという仕事がある。森の処分は、その一環に過ぎない。森の処分を、そうしたものとして、藩主重定に納得させるためには、重職をこの計画に引きこみ、その圧力で、重定を押しきる必要があった。その一番難しい仕事が、今夜済んだようであった。

腹を切らせるか、刺すか、いずれにしろ、当綱には森を抹殺する痛みはもう感じない。

——あの方が歩まれる道を開いておかねばならん。

いま江戸にいる藁科松伯は、同じことを、道を清めてさしあげるのです、という。松伯の言い方には、ほとんど信仰に近いひびきがあって、政治家としての当綱は、そこまでは共鳴できないと思うことがある。

だが江戸家老として、一年近く直丸勝興という少年のそばにいる間、当綱は松伯のそういう言い方を、やや大げさだと思うことはあっても、それほど抵抗なく受け入れることができる心境になっている。

それだけではない。当綱自身、藩改革が出来るとすれば、この方を藩主に頂いたときに違いない、そう思って胸をさわがせるようなことが時どきあった。直丸が、とくに目立って才走った振る舞いをみせるというのではない。むしろ十三歳のこの少年は、控えめでもの静かだった。にもかかわらず、まぎれもなくやがて一藩の主となるにふさわしい資質といったようなものを垣間《かいま》みせるのである。

当綱は、いまでも初めて直丸に藩の窮乏ぶりを話したときのことを思い出すことがある。国元の窮乏ぶりを、愚痴まじりに洗いざらい話し終わったとき、当綱は少し自嘲気味な気分になっていた。次代の藩主と決められているとはいえ、相手はまだ少年である。少年を相手に、話が少少くどく、また長話に過ぎたという気がしていた。その気持ちには、他人に対して身内の恥をさらけ出したような羞恥心もいくらかまじっている。

「ご退屈でございましたか」

と当綱は言った。いや、と直丸は首を振った。だが当綱の自嘲的な気持ちは、まだ続いていた。

「しかし直丸様も、きわめつきの貧乏藩の御跡取りとなられるわけで、お気の毒と申すほかはございません」

「それは、竹俣の考え違いだ。そのことなら、私の覚悟は決まっている」

直丸は、はっきりした声で言った。当綱が顔を挙げると、直丸は微笑して、米沢の貧乏話は、時どき聞いている。しかしこれほどとは思わなかった、と言った。その微笑から、当綱は少年が貧乏を恐れていないのを感じた。

直丸はふと微笑を消して呟いた。

「しかし、それでは郷民があわれだの」

その呟きを聞いたときの、雷に撃たれたようだった気持ちを、当綱はまだ忘れていない。そのとき当綱は、反射的に藩主重定が、藩主として初入部したときのことを思い出していたのである。それは十三年前のことだった。

重定は、民部大輔吉憲の四男で、長兄の宗憲が二十一、次兄の前藩主宗房が二十九でそれぞれ若死した後を継いで、延享三年藩主となったが、翌四年米沢に初入部すると、文武ならびに謡曲乱舞に心掛けるよう、家中に諭告を出した。すでに傾いていた藩政に対する指図は何もなかった。

しかも文武の方はつけたりで、重定は謡曲を好んで盛んに奨励したので、家中の者はみな謡曲を習うのに熱中し、学問、武術に励む者は稀だった。

その頃当綱は二十を過ぎたばかりだった。それ以来当綱は心のどこかに、絶えず藩主重定に対する不信の気持ちを持ち続けてきたようであるが、一方藩主とはそういうものだと、諦めに似た気分に流されてきたのも事実だった。

だが、当綱は松伯、それにいま江戸詰でいる莅戸善政や木村丈八の見たてに間違いなければ、米沢藩はいま藩主の器としてもっともふさわしい少年を、江戸藩邸に養っているのであった。

——森を討つのをためらうべきではない。

ほの暗い雪の道を歩きながら、当綱は確かめるようにそう思った。

やがてあの少年が藩主と呼ばれ、窮乏の底にある米沢藩建て直しの先頭に立つ日がくる。それは予感のようなものだった。しかもその予感は、首筋を刺してくる寒さの中に、どことなく春の気配がまぎれこんでいる感じの確かさに似ていた。いくら寒かろうと、季節が再び冬に逆戻りすることはない。

すでに森は、除かれなければならない、はっきりと有害な人物だった。以前は見えなかった、藩の歩むべき道が、当綱には見えている。その中で、森がやっている独断的な政治や驕《おご》りは、奇怪で醜悪なものにみえた。

――道を開けてもらうのだ。

当綱は、心の中でもう一度呟いた。

四

当綱ら四人が、森を二ノ丸にある奉行詰ノ間に呼んだのは、翌日二月八日の夜である。使いには佐藤文四郎が行った。文四郎は眼が細く、口を開き気味の顔をいつも少し仰向けて、一見して愚人かとみられる男である。文四郎の頭脳の鋭さと、その大きな身体が秘めている武術の鍛えは、ごく限られた人が知っているだけである。

使いには文四郎をやり、詰ノ間の廊下には倉崎恭右衛門を伏せるという手配りを、当綱は昨夜、屋敷に帰るとすぐに行なっている。森は、意外に気軽にやってきた。

「夜中に至急な相談ごとというのは、何ごとでございますかな」

森は部屋に入って、ゆったりと袴をさばいて坐ると、灯火の下に顔を並べている四人をじろりと眺めて言った。

森は与板組の小身から、侍組に挙げられるという、稀有な立身を遂げた男である。直江兼続は、景勝が会津から米沢に移されると、慶長十四年に米沢城下の屋敷割を行ない、もっとも城に近い大手前に侍組を置いた。侍組は家中で高い家格を誇る家九十六家から成り、家老あるいは侍頭として藩政を執行する家柄の集まりだった。

そういうことからいえば、森はいわゆる成り上がり者に過ぎない。だがいま、森の態度にも、頰の豊かな下ぶくれの顔にも、重職の存在など歯牙にもかけていない自信がみえる。その自信があるから、森は疑うこともなく城に来たのであろう。いつも用心棒のようにして連れ歩いている三吉と原崎という、剣技に優れた二人の家士も玄関に残してきている。むろんその二人が、佐藤文四郎にすばやく拘束されたなどとは、思ってもみない様子だった。

「私から申し述べさせて頂いてよろしいか」

当綱は、千坂、色部、芋川の三人に、身体を傾けて聞き、三人が黙ってうなずくのをみると、森に向き直った。

「相談ごとというのは、ほかでもござらん。近ごろわが藩の仕置きには、心得ぬことが多い。みんなそう言っておる」

当綱は声が大きい。喋り出すと一気にまくし立てた。

「いうまでもなく当国の近年の有様は、貧乏という難病にとりつかれた大病人のようなもの。しかも貧乏というこの病根、さぐってみれば横に毛がはえて、何とも始末におえんというところにきておる」

森は薄笑いして顎を撫でていた。

出がけに剃らせたとみえて、揉み上げから肉の厚い顎にかけて、髭の剃りあとが青青と目立った。顎を撫でながら、時おり当綱を見据える眼が針のように光る。

「当然、執政の位置にある者は、この貧乏退治に一身を投げうって取り組むべきものと考える。それでなければ藩は立ちゆき申さん」

「……………」

「しかるに、貴殿の近年の致し方だが、われら少なからず腑に落ちんところがある。多多疑わしい節があると申しておこう。今夜は、そのあたりのことを聞き糺《ただ》したいと、寄り集まったような次第だ」

「一身を投げうつかどうかは、見解の相違と申すほかはござらんが、貧乏退治には、それがしも必死と取り組んでいるつもりだが」

「しかしじゃな」

千坂が口を出した。千坂は長身で瘦せているので、喋ると喉骨が踊るように動いた。

「森の表町の家は、わしは見たこともないが、長押《なげし》にギヤマンを張って水を流し、そこに金魚を飼って贅沢しておるそうではないか。貧乏退治の本人が、そういう奢《おご》った暮らしをして、いいものかな」

「これはしたり」

森は千坂に膝を向け変えた。森の顔からは微笑が消えて、刺すような視線が千坂にあてられている。

「ご家老の言葉とも思えませんな。一藩の仕置きをまかせられた者の心労は、ご家老もよくご存じのはずでござる。ことに当今の政治の難しさは、さきほど江戸家老が、江戸家老の竹俣殿がどうしてこの席にいるのか、ちと解しかねるが、さきほど言われたとおりで、日日心痛のやむときもござらん」

「……」

「ギヤマンの長押などと言われるが、これもいっときの心の慰め。奢りの何のと目くじら立てられるのは、いささか心外でござりますな」

「人別銭を取り立てたのはどうだ。他国にいる者からも人別銭を取るようでは、もはや政治とは言えんぞ」

「人別銭が悪いと言われる」

森は、千坂から色部、芋川、竹俣と順順に視線を移した。

「しからば諸公にお訊ねしたい。ほかにどういう方法がござったな？　藩公が江戸に行かれるというときに、藩庫は空っぽ。金は一文といえども貸すところが見当らん。もし出府が遅れれば、お咎めのあるのは当然、金がないでは済まされぬことでござる。人別銭が悪いと言われるなら、ほかにどう仕ようがあったか、ご教示に与《あず》かりたい」

「弁口では、この男に勝てんわ」

芋川が大きな声で言った。

「竹俣、構わんからあれを読み上げろ」

千坂も色部も、口ぐちに読めと言った。

当綱が十七カ条の詰問状を読む間、森はまた薄笑いをしながら、顎を撫でていた。森は五十二という年に似ない、艶のある若わかしい顔をしている。殺気立ってきた部屋の空気に動じるいろもなく、ふてぶてしい態度だった。

「どうじゃ。この十七カ条、申し開きが出来るか」

と、千坂が言った。千坂の喉仏は、とりわけ踊るように上下した。

突然森は笑い出した。傍若無人な、からから笑いだった。

「盛り沢山にござるな」

笑いおさめると、森は言った。

「あまりに盛り沢山で、いちいち弁明するのも煩わしい。さよう、近近江戸に登って殿の前でじかに申し開きすることといたそう」

「さては身に覚えがあって、この場で申し開き出来んとみえる」

芋川縫殿が歯をむき出して言った。芋川の声には憎悪が溢れて、少し腰を浮かしている。みると色部も、腰を浮かせていた。二人とも顔色が変わっている。

――いよいよ、決着だな。

当綱はそう思い、突然髪が逆立つような気がした。

「申し開きが出来んときは、腹切らせろ、と殿のお言いつけだぞ」

さすがに千坂はまだ、どっしり坐っていた。長身の上体を前に傾けるようにして、森を見据えながら、淡淡とした口調でそう言った。

「腹切るか、森。切らんというなら、われらが切らせるが」

千坂の無表情な顔と平静な口調から、当綱は千坂がいま森を、藩の執政としてではなく、もと二人半扶持三石取りの男として扱っているのを感じた。

森の表情が少し動いた。その顔色が少し曇ったようにみえたのは、森も千坂の口調から同じ感じを受けたのかも知れなかった。

だが、森はすぐに立ち直った。

「何のことかと思えば、そういう腹か」

吐き捨てるように言うと、森はこわばった笑いを顔に浮かべた。

「そういうご相談には、これ以上つき合いかねる。失礼いたす」

森はすっと立ち上がった。

「逃げるつもりか」

芋川が怒号し、ほかの人も一斉に立ち上がっていた。だが森は思いがけなくすばやい足どりで廊下に向かって行く。

「倉崎！」

当綱が叫ぶと、千坂、色部、芋川が抜き取った短刀を握って森を追った。すると、森が向かった出口の横の襖が開いて、襷《たすき》、鉢巻をしめた倉崎が姿を現わし、抜き打ちに森を斬った。倉崎の刀は、森の顔面を襲ったが、森が顎を傾けて避けたので、額を浅く斬り裂いただけだった。

森は身をひるがえして部屋の中に戻った。色部と芋川が、その行手を塞ぐように動いて短刀をふるい、千坂も横から斬りつけた。だが森は素手でそれをふり払い、なおも部屋の奥に走った。そのとき森と色部の身体が激しくぶつかり合い、森の身体は勢いがついていたので、色部は弾《はじ》きとばされたように畳に転んだ。

そうした動きが、一瞬の間のことだったように当綱には思えた。額と手首のあたりから、血を滴らせた森の姿が迫ってきたとき、当綱は脇差を抜いた。

森が燭台を蹴倒したので、燭台は一基だけになり、森の姿は不意に黒い影のようになって、当綱の前を駆け抜けようとした。その影に向かって当綱は斬りつけたが、刀が短かったのか、森の動きが早かったのか、森の身体にとどかなかった。

部屋の奥の、隣の控え部屋との境の襖ぎわで、当綱は漸く森に追いついた。後ろから抱きつくと、左手でのしかかるように下腹を抱え、脇差を握り直して、腰を刺した。刃は森の衣服の上から、深深と五寸余りも肉に埋まった。

一瞬、森は確かめるように当綱の顔をふり向いたようだったが、なおも襖を開けようとするのか、両手で襖を掻きむしった。そこに駆けつけた千坂らが、背後から森の脇腹と頸を刺した。

「原崎！　原崎！」

突然森は大声を出した。このときになって、連れてきた二人の家士のことが、森の脳裏を横切ったようであった。だが、森は不意にくるりと向き直って四人をみた。倉崎に斬られた額から、血が流れて森の半面を汚している。森は襖に背をもたせ、虚《うつ》ろな眼で四人をみたが、少しずつ背で襖をこするようにして、姿勢を崩し、やがて襖ぎわに身体をねじ曲げて倒れた。

芋川が、跪いてその顔をのぞいたが、やがて、

「死んだ」

と言った。芋川はまだ口で息をしていた。

「さて、これからが厄介だの」

と色部が言った。みんなは森の衣服で、刀の血のりを拭うと、さっき捨てた鞘を探すため、森の死骸をそこに捨てて燭台のそばに帰った。

倉崎も、襷と鉢巻をはずすと、部屋の入口に坐った。

「ごくろうだった」

当綱は、倉崎のそばによると、そうねぎらい、玄関で文四郎が森の家士を押さえている筈だからみて来てくれと言った。このときになって、異様な物音を聞きつけたらしい二ノ丸の宿直《とのい》の藩士が二、三人、部屋の入口に姿を現わした。

「さて、大目付を呼ばねばならん」

当綱が戻るのを待っていたように、千坂が言った。一基だけの燭台の下で、四人は初めて顔を見合わせた。

「それと、今から使いを出して、ほかの連中を呼ぶ。呼ぶのは本庄、中条、須田、

安田、勘解由《かげゆ》……」

千坂は指を折った。

「これに広居を加えて十名。これでいいか」

「よろしゅうござろう」

と色部が言った。

「この十名で連署して殿に意見を奉る。竹俣はすぐに草案を練ってくれんか」

「心得ました」

「江戸に誰が行くかも決めなきゃならんし、いそがしいぞ」

千坂はむしろ楽しそうに言った。

「森一族と与党の処分も、今夜のうちにやらんといかんな」

と芋川が言った。

「それは大目付が来てから相談しよう。では、使いを手配してくれ」

千坂を残して、三人が立ち上がった。

「しかしあの男……」

芋川が燭台の光が僅かにとどく場所に、布でも丸めて置いたように倒れている森を見ながら言った。

「ただ逃げ走って、手向かい致さなんだな。不思議な男じゃ」

芋川が、嘲るようにそう言ったとき、二月八日の夜は五ツ半（午後九時）を過ぎようとしていた。

五

米沢藩を継いだ弾正大弼上杉治憲が、板谷峠を越えて、初めて領国米沢に入ったのは、明和六年十月二十七日だった。

執政森平右衛門が城内二ノ丸で誅殺《ちゆうさつ》されてから、六年の歳月が経っている。そのとき十三歳だった直丸勝興は、明和三年十六歳で弾正大弼に任ぜられ、将軍家治の諱《いみな》の一字をもらって治憲となり、翌年重定が致仕すると、封を継いで米沢藩主となった。十七歳の青年藩主だった。

それから二年経ったいま、治憲は峠を越える駕籠に揺られていた。治憲は、時どき駕籠の窓から外を覗いた。昨日から降り出した雪は今日になってもやまず、激しい風にさらわれて白い矢のように駕籠の外を走る。舞い狂う風雪の向こうに、冬の裸木が風に枝をしなわせて、ごうごうと潮騒《しおさい》のような音を立てていた。

――これが、米沢か。

治憲は風の音を聞き、雪の中から頭を出して、ちぎれるほど風に揺れている枯れた芒《すすき》や、赤い木の実などを眼にとめながらそう思った。

——この風雪は、わしを迎えるにふさわしいかも知れぬ。

そうも思った。越えて行く峠の下にひろがるのは、一度は藩士を投げ出そうとしたほど、貧しい領国だった。そこには窮乏に喘ぐ五千人の家中と領民がいる。

米沢藩が、十五万石の藩土を、挙げて幕府に返納しようとしたのは、明和元年のことである。治憲が襲封する三年前のことだった。この年藩主重定は、正室の父尾州藩主徳川宗勝に、江戸家老色部典膳をやって、ひそかに藩土返上の内意を伝えた。驚いた宗勝は、老臣石河伊賀守を、江戸家老竹俣当綱に会わせ、翻意を促すとともに、藩政建て直しについて、いろいろと指示させた。その結果米沢藩では、漸く藩土返上を思いとどまったのであった。

その当時の江戸藩邸の異様なざわめきを、治憲はいまも鮮明に記憶している。廊下や襖の陰で、家中の者や女中たちがやたらにひそひそと立ち話をし、彼らは仕事も手につかない様子だった。縁側に出て庭を見れば、庭の隅でも掃除役の雇人が二、三人、蹲《うずくま》って話し込んでいる姿がみえた。そして養父の重定は、いつ会っても機嫌がよくなかった。

そういう落ちつかないざわめきは、ひと月余りして収まったが、騒ぎが収まったあと、治憲の心の中に、一点不審な気持ちが残った。それは藩土返上を重定に進言したのが、竹俣当綱だと聞いたからである。当綱は「お蔵元逼迫《ひっぱく》、政事《まつりごと》相立たず候えば」、領地を幕府に返上し、国人救済を公儀の手にゆだねるしかないと進言したというのであった。

だが当綱は、一方では侍医の藁科松伯とともに、治憲にむかって機会あるごとに藩政の現状を噛んで含めるように説明し、改革の必要を示唆してきている。その当綱が、自分にはひと言も洩らさずに、藩土返上という重大事をすすめていたということが、治憲には思いがけなくもあり、そこに政治にたずさわる人間の怖さといったものを感じたのでもあった。しかし当綱は、騒ぎが終わったあとも、それについてはいっこうに触れようとせず、その年の暮れには、重定に進言して儒者細井平州を藩邸にむかえ、以後治憲が月に六度、細井の講義をうけるように取りはからったりした。

藩土返上という騒ぎの中で、当綱が演じた役割は、治憲にはいまだに不明である。一度は確かめなければならないという気持ちが残っている。当綱は、四年前の明和二年に奉行職に任じられて国元にいる。

治憲を待っているのは、貧しい領土、領民だけではなかった。そこには古いしきたりに固執し、改革を喜ばない一群の重臣層がいる。治憲は、明和四年四月に家督を継ぐと、九月には新藩主として大倹令を出した。十二カ条にわたる大倹令の発布は、治憲の藩政改革への着手を示すものだったが、この政令は国元重臣層の猛烈な反撥を呼び起こしたのであった。

大倹令は、大般若経、護摩の執行、および年間の慶祝行事の制限と延期、行列の人数を減らすこと、住居の無用の場所は、できるだけ整理する、食事は平常一汁一菜とし、歳暮に限り一汁二菜とする。普段着は木棉とする、音信贈答は、軽品といえども禁じる、藩主奥女中は、九人に限る、などを内容としたものだった。

治憲は、大倹令を出すと同時に、自分でも率先躬行《きゆうこう》した。即ち、これまで仕切料といわれる藩主の江戸生活の費用を、年間千五百両から七分の一の二百九両余りに減らし、日常の食事は一汁一菜、着る物は棉服、奥女中はこれまでの五十人から九人に減らしたのである。これについて藁科松伯は、国元にいる菁莪館の弟子で郷村出役を勤めている小川源左衛門にあてて「若気でも浮気でも、一国の衆人と苦楽を共に」しようとする藩主を得た、と感激した手紙を書き送った。

しかしこの命令を受けた国元の重臣層はそうではなかった。彼らは治憲の大倹令を非常識なものと考えたのであった。

治憲はこの命令を、江戸詰の者には直接申し渡したが、国元には、奉行千坂対馬高敦を江戸に呼んで伝えさせた。老臣層は、先ずそのことに不満を示した。米沢本国には奉行達しとしたのは、重臣を軽視した態度だというわけだった。さらにこのような大革新を行なうのに諸重臣に、事前の相談がなかったことにも憤慨し、小家育ちの、しかも年少の藩主に、大藩の格式がわかるはずがない、と治憲を嘲った。

彼らは十二カ条の大倹項目につけられた、切切とした前文にもケチをつけた。十七歳の少年にこれだけの見識と文才があるわけはない、これは近習の莅戸善政、木村丈八の作文に過ぎないと言い出し、二人の辞職を求める騒ぎになった。

この騒ぎは、結局国元に隠居している前藩主重定が、城中に重臣、諸職を召集して大倹令を厳達するという形で、一応の収まりをみた。しかし、治憲を迎える重臣層が、新藩主に対する反感を消していないことは十分予想された。

——しかし、いちいち言うことを聞いていては何も出来ん。

治憲はそう思っていた。藩土を幕府に返そうとしたほどの藩である。このまま無事に持って行けるような生やさしい情勢ではなかった。思い切った改革に、一縷《いちる》の望みがある。そういう藩だった。改革に反対する重臣たちにはそれが見えていないようだった。それは不思議なことだったが、あるいは彼らにもそれが見えていて、このままでは亡びるかも知れないと思いながら、なお目前の、あるいは従来の暮らしや、しきたりを変改されるのを恐れているのかも知れなかった。それを一概に怠惰と決めつけるわけにはいかない。彼らにとっては、そういう暮らしぶり、慣習が生きる証《あか》しとなっているとも考えられた。

だが片方に、重臣層の知らない家中大半の窮乏があり、飢えに泣く領民がいる。この情勢を建て直すことは、上杉家養子になったとき、治憲に与えられた運命だった。

——いずれ、一度は大衝突があろう。

雪の道で、ひどく揺れる駕籠の中で、風の音を聞きながら、治憲はそう思っていた。その衝突を、治憲は恐れてはいなかった。衝突のあとに、重臣層との和解が生まれればいいと思っていた。

行列が米沢城下から三里の場所にある大沢の駅村に来たとき、治憲は駕籠を降りた。谷間の村をはさんで、右にも左にも白い雪の山がそそり立ち、まだ吹きつのる風雪の下に、村の家家は黒く蹲っていた。

「ここから馬に乗る」

道端の家で、湯茶の接待を受けたあと、治憲はあたりの者にそう言った。供をしている人人は眼を見かわしている。困惑した表情になっていた。

「恐れながら」

一人が勇気をふるい起こしたように進み出て、低い声で言った。

「馬上は羽黒堂よりというしきたりになっておりますが」

羽黒堂は城下から一里の場所である。参覲の藩主は、この一里の間、往きも帰りも馬を使う習慣だった。ここで馬に乗せては、城に帰ってから故実にうるさい重臣連中から、何を言われるかわからないという表情が、そう言った者の顔にあらわれている。

「かまわん」

治憲は微笑して言った。

「しかしここから先、なお羽黒堂までは谷道が続きます」

「なに、気をつけて進めばよかろう」

供の藩士は沈黙した。白皙長身で、一見してひ弱そうにみえる新藩主の中にある、意外に頑固なものに思い当たったようであった。

——こんなことに拘《こだわ》っているようでは、何も新しいことなど出来ん。

供の者が用意した馬に近づきながら、治憲は挑むようにそう思った。別に重臣に反撥を示すために馬に乗るわけではなかった。今日初めて眼にした領国を、ゆっくり眺めたいという気持ちがしていた。

そんなに悪いところではない。馬をすすめながら、治憲はそう思っていた。谷間の空を閉ざして、雪は斜めに降りしきっている。だがその谷間から、次第にひらけてくる平野のひろがりがみえてきていた。

治憲も、馬もすぐに真っ白に雪にまみれた。

六

新藩主治憲をむかえて、十一月三日城中で恒例の初入部の祝儀が行なわれた。竹俣当綱が、単独で治憲に会ったのは、その翌日である。

治憲の居間で、むかい合って坐ると、当綱は、

「いかがですか、米沢の風土は」

と言った。当綱は面長で、血色のいいすべすべした顔をしている。だが眼尻の上がったやや細い眼と固肥りの身体には、精悍な感じがある。その眼を少し笑わせて、当綱は治憲を見まもっていた。

「今年は少少雪が早く、驚かれたことでござりましょう」

「入国した日は、馬上で凍えた」

治憲は正直に言った。

「しかし、いくらか日にちが経って、馴れてきたようだの。雪も、ただ冷たいばかりでない。趣《おもむき》もある」

「ところで、昨日のご祝儀のことで、重職どもが早速苦情を申しあげたそうでござりますな」

「………」

治憲は黙って微笑した。初入部の祝儀は、城中に家臣一同を招いて、料理と酒が出る例である。だが今年は、大倹令の出たあとということで、料理はなく、赤飯に酒という簡単な酒宴にとどめた。一部の重職は、すでにそのことに不満を持ったらしかったが、席上治憲が三扶持方から足軽のような下級藩士にまで声をかけたのが、やはり前例のないこととして重職たちを刺戟したのだった。

彼らは隠居の重定に、新藩主が大沢からの馬上と言い、今日のご祝儀と言い、先格をお用いないのは遺憾だと申し入れたのである。

「先格、先格とやかましいことでござります。連中の申すような従来のやり方で、藩が立ちゆくものなら、誰も苦労は致しません」

「やりにくそうだの」

治憲は注意深く当綱を眺めながら、手探りで煙草盆を引きよせた。

「はあ。正直のところ、進退きわまっております」

答えながら、当綱は治憲が器用な手つきで煙管《きせる》に煙草をつめ、手焙りから火をつけるのを眺め、この人はいつから煙草を嗜《たしな》むようになったのだろうかと思った。

眼の前にいるのは、むかし桜田の江戸藩邸で会った少年ではなく、立派な大人だった。もの静かなところは変わりないが、そこのところがひと回り幅が出来て、深沈として海のように動じないものが内部に蔵《しま》われている。そんな感じがした。若者にありがちな圭角《けいかく》の鋭さ、軽躁といったところが、まるで感じられず、十九という年には思われない、一種老成した感じを、治憲は身につけている。

当綱は、抱いている悩みを、率直に打ち明けてみる気になった。

「じつは森を除くのに、重職を引き込んだことを、少少後悔しております」

森の誅殺を聞いて、当時藩主だった重定は激怒したが、当綱を含め、御政事改め言上に連署した十名は、重定が言上を聞き入れないとき、また聞き入れても実行しないときは、「重き御覚悟遊ばされ候ように取《とり》はからい申すべく」、また落度を咎められても、どんな小さなことでも請けずに互いにかばい合うことを申し合わせていたので、重定もやがて森の家の苗字断絶、家財没取という処分を諒承した。

森の家は、御作事屋頭橋爪久兵衛、夏井治郎蔵が指揮する大工十人、人足三十人の手で、金の金具を使った門、白壁の塀をことごとく斧《おの》、槌《つち》で打ちこわされたが、その音は数里の間に谺《こだま》してひびき、人人を驚かせた。また森が秘匿していた財産の中には、本来城のものである名刀三十振、また一本千二、三百両にあたる純金の延べ金六本などがあったので、六人年寄立ち会いの上で、それらは城の宝庫に返し、そのほかの家財は入札で売り払った。

森の嫡子で、七歳の平太と用人佐久間政右衛門父子は、一たん獄に入れられたが、やがて平太は一類お預け座敷囲入れ、平右衛門の妻と娘は一類へお預け、母は元帳へお預け、平太の妻と定められていた娘は構いなしと処分が決まった。用人の佐久間父子は引き続き入獄させられた。

明和二年七月、当綱は千坂対馬、芋川縫殿と並んで奉行職となると、森の与党を処分した。御使番栗田孝左衛門、勘定頭駒形茂右衛門を元組入り遠慮、吟味中病死した鵜瀞吉兵衛は禄五十石取り上げの上、嫡子元組入り、吉見次右衛門、組を引き下げ外張番組に編入、小林彦六家苗字断絶。そして森に妹を妾として献じ北条郷郡代に抜擢された赤湯村の佐藤平治兵衛は、松原獄門場で斬罪、家は欠所、森の用人佐久間は、城下払いになって中津川に送られた。

このようにして森一族と与党の処分が済むと、当綱は森がつくり上げた政治機構の改変に手をつけた。政治の中枢にあった会談所、郡代方調べ方を除き、あらたに元締所を設立し、ここに六人年寄、御使番、御仲間頭取、勘定頭などを常勤させる。また御用金の調達者に士分や役職を与えることを禁止し、これまで特権商人として藩政に入り込んでいた吉井忠右衛門、寺島権右衛門、五十嵐伊総右衛門らを、ことごとく藩政の場から追放した。

藩政から森の色彩を一掃するとともに、当綱は年貢徴収の正確を期すための水帳改めに着手した。これは三年がかりの仕事になるはずだった。また百姓の納める年貢は、家中の知行分も一たんは御蔵納めとして、半物成借り上げを厳正にし、また家中が百姓から大豆、糯《もちごめ》、油などを過重に取りたてることを禁止した。一方漆実は役木百本につき一石の年貢を出させるだけで、ほかは自由とし、百姓の製蠟販売を認め、また伊達郡から紙漉人《かみすき》を招いて、深山村の郷士に紙の製法を学ばせ、仙台から藍師《あい》を招いて藍栽培をはじめ、漆の木の栽培を奨励した。また今年から博奕《ばくち》をきびしく取りしまり、横目《よこめ》に郷村を回らせ、密告を奨励して、違反する者は死刑と定めた。

しかしこれだけだった。藍栽培にしろ、漆栽培にしろ、早急に効果が上がるようなものではない。当綱はもっと積極的に藩庫を潤すような政策をすすめたいのだが、他の二奉行、千坂、芋川以下重職の賛成を得るのは容易なことではなかった。幾つかの発案が、執政会議の席上で潰されている。

森誅殺のあと、藩主重定につきつけた言上の中で、重職が示した当面の改革の方針は、「天下之儀はすべて身分、段式（格式）をもって御政道相立つ」ものという前提のもとに、格式不同は政治を乱すから、建て直すこと、古来の先格（しきたり）を大事にすること、政務は永年勤続が第一で年功を重視する必要がある、などと述べたものに過ぎなかった。

言上の草案書きには、当綱も加わったのであるが、最終的にこういう愚にもつかぬ文章が出来上がるのを、結局は手をこまねいてみているしかなかったのである。

森を除外したあとに、何か新しいものが出てきたわけではなかった。登場してきたのは、森以前の手垢《てあか》に汚れた権威政治に過ぎなかったのである。

「なるほど、問題だの」

治憲は、ゆるやかに煙草の煙を吐き出しながら言った。

「だが、倹約令は一応呑ませたことであるし、当藩も少しは持ちこたえよう。漆栽培も、紙もやがては根づくのではないか」

「間に合うかどうかです。私はいつもそれを考えております」

当綱の声は、いつもより静かだったが、その底に苛立たしげなひびきがあった。そのことに自分で気づいたらしく、当綱は手をのばして、さめたお茶を啜ると、障子に眼をやった。障子は外の庭につもった雪を映して、白い光を宿している。

当綱はすぐに視線を治憲にもどした。

「まだ殿には申しあげておりませんが、私は密密《みつみつ》、いずれ思い切って、江戸の三谷から一万両ほど借金したいと考えております。その金で国内に産業を興すという計画ですが、いかがでしょうか」

「腹案はまとまっておるのか」

「いえ、まだでございます。いまここで借金などと言い出せば、たちまち森と同様に視られましょう。うかつには口に出来ません」

「三谷が、貸すかな？」

「それは腕次第でございましょう」

当綱は少し自信ありそうな顔をした。江戸の豪商三谷三九郎は米沢藩御用の富商で、藩とは深いつながりを持っていたが、森郡代と確執があって以来、米沢藩に金を融通することを拒んでいた。

「だがこれは殿と二人だけのお話。まだ莅戸《のぞきど》にも話しておりません」

「………」

「五年前に藩士返上ということがございました」

当綱は不意に、治憲が長年疑問に思っていたことに触れてきた。治憲は煙草盆に灰を落とすと、煙管を盆の上に置いて、じっと当綱をみた。

「あれは、私が根回しいたしました」

当綱は、精悍な眉をあげて治憲をみると、ひびきのいい声を少し低めた。

「むろん、藩を投げ出すつもりは毛頭ございませんで、森郡代を斥けたあと、重職連中が乗り出してくる気配に待ったをかけた手とでも言いましょうか。なまなかに政治をいじるぐらいでは、この藩は立ち行かんのだ、という情勢を彼らに覚らせるつもりでした」

「……」

「実際彼らが昔と同じ政治をやるつもりなら、なんのために森を斥けたかわからんことになります」

「なるほど」

「あの節は、私の動きに重職連中の眼が貼りついておりましたので、殿には何も申しあげませんでしたが、多分お解りかと存じていました。もし本心から藩を投げ出すつもりなら、尾張公に色部をやるなどと回りくどいことは致しません。真直ぐ、私が幕府に駆けこみます」

当綱は少し眼を笑わせた。竹俣はこういう政治の駆け引きが嫌いではないのだろう、と治憲は思った。治憲は自分にはそれが欠けていると思っている。

「狙いは、もうひとつございました。おそれながら大殿様のご隠退を早める。そのゆさぶりもございました」

重定は窮乏する藩財政の中でも、金剛流の乱舞の好みを改めようとせず、しきりに舞いを興行し、舞台の造営に金を使った。尾張家から迎えた正室のほかに、米沢に三人の側室を置き、その下に小座敷がいた。隠居すると、豪奢な隠殿南山館を建築させ、世間にはそういう重定を、暗庸の君主だと評する声もあったのである。

「それは、人には洩らすなよ、竹俣」

と治憲は言った。その話は当綱の政治の才能を示すものだったが、養父のことになると、そこまで考えるのは政治を弄ぶものではないかという気もちらとした。だが当綱のその政治力は、治憲に必要なものだった。

「むろん、誰にも言いません」

当綱はふうと溜息を洩らした。

「しかし重職連中が顔色を変えたのも、ほんのいっときのことでございましてな。いまは元の木阿弥。近頃は手も足も出ません」

「……」

「莅戸を町奉行にしたのが、精一杯というところでございますな」

莅戸善政は、治憲が家督を継ぐと同時に、木村丈八と一緒に小姓に挙げられたが、大倹令の発布で国元の重職に非難されると、治憲に迷惑を及ぼすのを恐れて、小姓を退いた。しかし当綱は、今年の正月治憲とはかって莅戸を町奉行に任命している。

「しかし思うところがあれば、莅戸とはかってどしどし進めていいのだぞ。藩政の仕置きはそなたにゆだねてある」

と治憲は言った。当綱や莅戸など若手にやらせるしかない、という治憲の腹は決まっている。

――それにしても、藁科が死んだのは惜しい。

この頭打ちの情勢に、もし藁科松伯が生きていれば、何かいい才覚を出したかも知れないという気がした。松伯は、二年前治憲が家督を継ぐと、治憲の侍医となったが、今年の八月、治憲の入部を待たずに病死している。当綱が、どことなく自信を失ったようなそぶりをみせるのも、そのことが響いているかも知れないと思った。

七

「これは」

部屋の中のほの暗さに、於琴ははじめて気付いたようだった。座布団をすべって、畳に手をついた。

「ごめんなされませ。このように長居をするつもりはございませんでした」

「まだ、いいではないか。灯をともそう」

治憲はそう言った。実際於琴に去られるのが惜しい気がしていた。

「いえ、お許しなされませ。初めてお目にかからせて頂いて、このように遅くなっては、父に叱られまする」

「そうか。親父《おやじ》に叱られるか」

治憲は残念そうに言った。於琴が帰るのを立って廊下まで見送ると、治憲はもとの席に戻ったが、そのまま灯をともさずに、ほの暗い部屋の中に坐って腕を組んだ。部屋の中に、於琴が残して行ったいい匂いが残っている。

上杉式部勝延《かつのぶ》が、娘の於琴を連れて、不意に治憲を訪れたのは、八ツ半（午後三時）過ぎである。勝延は、風邪気味でいる南山館の重定を見舞いに来た帰りだと言い、娘を治憲に引き合わせた。

勝延は重定の父吉憲の弟、つまり叔父で、治憲の祖母豊姫の兄でもある。ひとしきり話したあと、勝延は城中で竹俣当綱と用談があると言って、娘を残して出て行った。

治憲は初対面の於琴と二人で残されたが、少しも退屈しなかった。於琴は、色白でふくよかな頰と黒く澄んだ眼を持つ娘だったが、年は三十になっている。物言いも挙措もおっとりと上品で、若い娘のような余分なはにかみがない。治憲は自分でも不思議なほど窮屈な感じを持たなかった。

話してみると、於琴が深い教養をたくわえていることが解って、治憲はいっそうこの女性に興味をそそられるのを感じた。それは魅惑されたといってよいほどの気持ちの動きだった。於琴は和歌にも、漢籍にもくわしく、麗之という名前で和歌を詠《よ》んでいるらしかった。

治憲は、そういう話から今の藩の政情のようなものまで、いつの間にか熱心にしゃべっていたが、そういう政治向きの話にも、於琴は驚くほど素直な理解を示した。於琴と対座している間、治憲は終始ひそかな喜びとも安らぎともつかない気分に包まれていたようである。

——女子とは、あのようなものか。

茫然と治憲は腕組みを続けていた。だが、そう思ったとき、ふと心の底に微かな痛みのようなものを感じた。江戸にいる幸姫《よしひめ》を思い出したのである。

快いぬくもりに包まれたようだった感情が、にわかに冷えるのを、治憲は感じた。於琴と一緒にいて、ひどく居心地よかった自分に微かな罪悪感をおぼえている。

——ほかの女子をほめては、幸が哀れじゃな。

と思った。

「殿、おいででござりますか」

不意に廊下に声がした。竹俣当綱の声だった。

「入っていいぞ」

失礼いたします、と言って当綱は、治憲の居間に入ってきたが、すぐに慌《あわただ》しく手を叩いた。

「また、連中が気がきかぬようで」

治憲の周囲は、表も奥も極端に人を切りつめている。そのために、うっかりすると、いまのように小姓たちが、ほかの用にかまけて灯を入れるのを忘れていることがある。もっとも普通の日なら、治憲はいまごろ奥に入っている。今日は遅れていた。

灯が入り、小姓が部屋を出て行くと、当綱は生真面目な口調で言った。

「於琴どのは、いかがでございましたか？」

あ、と治憲は思った。昨年入部した頃、当綱が、やはり生真面目な顔で、国元に女性を置かれた方がいい、と言ったことを思い出したのである。勝延が於琴を連れてきたのは、当綱とそういう打ち合わせがあってしたことなのか、と納得が行ったのである。

治憲は思いがけなく頰に血がのぼるのを感じた。

「於琴は立派な女子じゃな。だが、わしが淋しかろうと思う心配りならいらん。江戸に幸がおる」

「ご遠慮にはおよびませんぞ。国元の方は、江戸の奥方さま同様、お国御前として敬うしきたりでございます。おられて当然。倹約の折柄とはいえ、おひとりも殿のお世話なさる方がおられなくては、かえって異なものでございましょう」

「……」

「身辺あまりに清潔に過ぎては、家来どもが気がひけ申す。ほどほどのくつろぎも必要と存じます。また殿のお子ということも考えねばなりませぬ」

当綱は政治家らしく現実的な考えを口にした。

治憲は煙管をとって煙草をつめた。当綱にそう言われれば言われるほど、なぜか於琴の豊満で上品な印象が薄れて、幸姫に対する哀れさが心を満たしてくるようだった。

煙を吐き出すと、治憲は平静に戻った顔で言った。

「考えてみよう」

「遅くとも、ご出府までによいご意向をお洩らし頂けば、式部さまもお喜びでございましょう」

「……」

「おそれながら、それがし江戸の奥方さまのことは存じあげております」

治憲は鋭い眼で当綱をみた。

「殿を、おいたわしいと存じていました」

「そうか」

治憲は短く言った。

「だが、それは竹俣の考え違いじゃな。哀れなのは、わしではなく幸じゃ」

「は」

当綱は顔を伏せた。

治憲と、重定の娘幸姫との婚礼は、昨年の八月、江戸屋敷で取り行なわれた。治憲十九歳、幸姫十七歳。年齢から言えば似合いの若夫婦の誕生だったが、幸姫は十七歳の心身をそなえた乙女ではなかった。幸姫の心身は、十歳にも満たない幼女のままで、そのまま発育をやめていたのである。

むろん治憲は、養子として上杉家の桜田藩邸に入って以来、幸姫をみていて、その事実を知っていた。だがそういう幸姫と婚礼の式を挙げたとき、治憲は心の中で、上杉家の建て直しを自分の運命と感じたと同時に、そのことも運命として受け取ったのであった。

婚礼が済んで夫婦になってからも、幸姫はまだ小さい頃、直丸と言った治憲にせがんだように、人形の着せ替えや、ひな飾りの遊びの相手になるようせがんだ。治憲は機嫌よく相手をした。そうしているとき、そういう形にしろ、幸姫が一心に自分を慕っているのを感じ、治憲の心は憐れみで満たされるのである。

そういう事情を知っているのは、幸姫の生母豊姫と、身の回りを世話する奥女中だけだった。父の重定にさえ、そのことは内緒にされている。竹俣は誰から聞き知ったか、と治憲は思った。

「出府いたしたら、平州先生を米沢にお招きする例の件を、じっくりとすすめてみたいと考えている」

と治憲が言った。治憲と当綱の間では珍しい、女性たちの話は終わって、話題はまた、いつものように堅くるしい政治に引き戻されたようだった。間もなく迫っている出府を控えて、治憲と当綱は打ち合わせておくことが多かった。

治憲と当綱は、治憲に王侯学を授けた細井平州を米沢に招いて、領民に「孝悌忠恕の道」を示してもらい、かたわら米沢に藩学の基礎を打ちたてるために助言を得たいと考えていた。平州は重定、治憲と米沢に繋《つな》がりを持ち、いまも平州の嚶鳴館《おうめいかん》には、竹俣、莅戸とともに藁科門の逸材だった神保容助が、藩命で入塾し、塾長を勤めている。

だが折衷学の泰斗として、江戸で名声の高い平州は、諸藩からの仕官の誘いを断わりつづけていた。平州を招くのは、それだけでも困難なのに、藩内には平州招聘《しょうへい》に反対論がある。他国から儒者を招くのは、藩内に人がいないことを天下に示すようで、一藩の恥辱だと例の排他的な論議を持ち出す者もあり、藩は文弱に流れて、越後以来の武名を汚すことになろうと慷慨《こうがい》する者もいた。

それでも治憲と当綱、莅戸らは、平州を米沢に招くことが必要だと考えていた。藩改革は家中、領民の意識の改革を必要とするのだ。

「ぜひお願いして頂きとうございます。費用の方は、どのようにも工面致します」

自分は、森がやった郡奉行制度を、もう一度検討してみて、郷村支配の仕組みを固める方法を調べてみるつもりだ、と当綱は言った。

話が終わって、帰りかけた当綱は、廊下まで見送った治憲に、ふと思い出したように囁いた。

「さきほどの於琴どのの件ですが、むろん大殿様もご存じであられます。そのおつもりでお考え置きください」

当綱を送り出すと、治憲は庭に面した障子を開いた。庭は闇に満たされていたが、三月の夜気は柔らかく湿っている。微かに木の芽が匂うのを感じながら、治憲はもう一度一刻《いっとき》ほど前、この部屋にいた女性のことを思い出していた。

八

安永二年六月二十七日の早朝。治憲は表の居間にいて、書類を見ながら、竹俣当綱と小姓頭の莅戸善政を待っていた。莅戸は町奉行を経て、いまは小姓頭に登用されている。

朝の間に打ち合わせることがあったが、二人とも申し合わせた時刻に遅れている。遅いとは思ったが、治憲は、まだ異変を感じ取ってはいなかった。開いたままの窓の外に、霧とも小雨ともつかない白いものが動き、庭を濡らしているのを時どき眺めながら、書類を繰っている。

昔、のびほうだいに雑草が生えていたという庭は、いまは一応手入れされている。藩の懐は依然として苦しいが、四年前に入部した当時にくらべると、漸く藩全体が改革にむかって動いている感じがある。治憲の気分は穏やかだった。

この三年の間に、細井平州が米沢に来て講義し、昨年は治憲が以前からそうしたいと考えていた籍田《せきでん》の礼を行なった。そして今度の帰国では五十騎組が、初めて小野川村の荒田開発に参加している。そして竹俣当綱は、三年前に郷村頭取、次頭取、郡奉行を設置して、郷村取り締まりに手をつけ、新たに郷方出役、回村横目を置いて、農耕と暮らしの指導と、盗み、博奕の取り締まりを強化するなど、農村の建て直しを着着とすすめていた。代官世襲を廃止して副代官を置いたのも改革のひとつで、硬直化し、安易に流れていた取り締まり機構に、新しい風を送り込むものだった。

とくに新設の郷方出役は、郷中に土着して、その眼で百姓の仕事ぶりを見聞し、農民の貧窮をふせぎ、知行人、地方役人が無理非法を行なうのを監視する、前例がないほど百姓に密着した役目だった。これらの郷方役人の勤務の心得としては、詳細丁寧な「郷村勤方心得」が作成されたのである。

細井平州の米沢滞在は、明和八年五月にきて、翌年二月に帰る短いものであったが、その間松桜館と改めた馬場御殿でした講義は、その間選ばれて受講した門弟、受講生に深い感銘を残した。事実このとき門弟となった者の中から、後の藩政改革の中ですぐれた働きをする逸材が輩出するのである。

五十騎組に属する保守派の一人で、一刀流の達人として知られる吉田次左衛門一夢が、平州招聘に対する反感から、平州を刺殺しようと松桜館を襲うという事件もあったが、吉田は、彼をむかえた平州の温容と穏やかな応対の中に、一道を窮《きわ》めたものが持つすさまじい気迫をみて圧倒され、かえって学問の何ものであるかを悟ったのであった。

籍田の礼は、農耕の重要事であることを、家中、領民に示すために、治憲自身鍬《くわ》を取って城の西遠山村で行なったもので、周代の古制籍田の礼にならったものだった。治憲はこの祭祀田の行事で、政治の基本を示したつもりだった。

今年帰国すると間もなく行なわれた、小野川村の荒田開発は、そうした治憲の方針に、家中がはじめて参加してきた仕事と言えた。宰配頭北沢五郎兵衛時芳が率いる五十騎組の手伝い衆は、刀のかわりに鋤《すき》、鍬をふるって荒地を起こした。治憲はその模様を見に行き、組下、農夫に酒を与え、農夫に田植歌を唱わせて、自分も手を拍《う》って和した。ついこの間のことである。

――少しずつ、うまく行っている。

と、治憲は思う。三年前はじめて会った上杉勝延の娘於琴は、治憲の望みでお豊と名前を改め、側にいる。そのことも治憲の心を豊かにしている。

――先は長いが、建て直しは滑り出した。

それにしても、竹俣と莅戸は遅い、と思ったとき、小姓の佐藤文四郎が入ってきて襖ぎわに平伏した。

「莅戸が参ったか」

「いえ」

佐藤文四郎は顔をあげると、恐れながらと言って治憲ににじり寄った。

「どうかしたか？」

「ただいま、千坂さま、色部さまなど、ご重職七名がお城に登られ、殿にお会いしたいと申されてお待ちでございます」

「ほう」

「それはよろしゅうございますが、不思議なことに、莅戸さまはむろん、木村、志賀、倉崎、浅間、誰ひとり今朝は登城致しておりません」

「………」

治憲は書類を閉じると、ゆっくり文四郎の方に向き直った。文四郎がいま言ったのは、小姓の名前である。ふだん治憲の側にいる者たちだった。そして莅戸も、竹俣も来ていない。

「おるのは文四郎一人か」

「さようでござります」

文四郎は、さすがにいつもの半開きの口を引きしめ、引きしめしている。

「おそらく、ほかの者は家で拘禁されたものと思われます」

「なるほど」

「おそばの者を拘束した上で、殿にもの申すつもりで、あの方方がやってきたものと考えます」

「……」

「いかがなさいますか」

連中が、かねての不満を持ち寄って、一挙にけりをつけにやってきたか、と思った。治憲はこれまで、彼らの不満を無視してきている。いわれのない不満だと思うからである。それで彼らはいよいよ牙《きば》をむいたのだ。

治憲は、微かな恐怖を感じた。二十三歳の若さが感じる恐怖だった。竹俣、莅戸らをすべて拘束したやり方からみて、彼らが何をやるかわからない感じがした。

だがその恐怖を、治憲は腹に力をこめて殺した。いずれ一度は対決する日が来ると覚悟していたのだ、と思った。馬鹿どもが何を言いに来たか、聞いて完膚《かんぷ》なきまで論破してやろう。逃げては連中をつけ上がらせる。

「会わぬわけにはいかんだろう。会う」

「そうなさいますか」

文四郎は、思案するように薄く口を開いて横を向いたが、すぐにきっぱりと言った。

「ご安心なされませ。文四郎、命にかえて守護したてまつります」

長い廊下を、文四郎を従えて歩きながら、治憲はふと、竹俣や莅戸は、すでに重職連中の手で殺されたのではないか、と思った。そう思うと、恐怖は消えて憤りがこみ上げてくるようだった。

文四郎は廊下に残り、治憲一人が部屋に入った。すると黙って坐っていた七人が、一斉に治憲をみた。奉行職の千坂対馬、色部修理、江戸家老須田伊豆、侍頭の長尾兵庫、清野内膳、芋川縫殿、平林蔵人の七人だった。

治憲が坐ると、須田と芋川がすばやく膝行《しっこう》して、書状を捧げた。

「ご披見願わしゅう存ずる」

そういうと須田は、治憲の前にむずと坐りこんだ。

言上の中味は四十五カ条におよぶ、膨大な藩政批判だった。

憚《はばか》りながら君上御事は、御正系と申すにてもこれなく、御他家より御家督なられ候儀に御座候へば、上下の御ちなみも薄しと申すやうなるものに御座候。

言上はのっけから治憲に対する嘲笑で始まっていた。他家から家督を継いだもので、かつ若年だから、奸人《かんじん》にまといつかれ、筋違いのことばかりをし、賞罰が明白でない。入部以後三回帰国したが、そのたびに「御手風も三カ度相変じ候」と述べ、一汁一菜の木棉衣などは小事に過ぎず、籍田の礼以後かえって旱魃《かんばつ》や長雨が続くようになったと嘲っていた。小野川村の荒田開発も、細井平州の招聘も罵倒されていた。

要するに彼らは、営営とここまで持ってきた藩建て直し策を、ことごとく否定しているのであった。そして竹俣、莅戸をはじめ、治憲の側近を奸物と決めつけ、その免職を要求し、治憲にむかっても「質素律儀の越後風を詮になされ、おとなしく成らせられべく候。御手段《てだて》の類を一切停止なされ候て、誠実ばかりを御執行なさるべく候」、つまり何もせずにおとなしくしていろ、と恫喝《どうかつ》していた。この要求が聞き入れられなければ、重職一同役をしりぞくと彼らは荒れ狂っていた。

——これは問題にならん。

読み終わって治憲は、怒るよりも茫然とした。重職の間に、改革施策に対する不満がわだかまっていることはわかっていた。わかっていながら無視してきたことは否めない。聞こえてくる批判は、いちいち相談をかけていては、改革は一歩も進まないと思われるような、常軌を逸脱した声が多かったからである。だからその不満をぶつけてくることが、いずれあるだろうと覚悟はしていたのである。

だが提出されているのは、あれはよし、これはいけないという批判ではない。むき出しの憎悪だった。

――ふむ、言うものだの。

治憲は、顔をあげて七人の顔をゆっくり眺めわたした。どの顔も石のように固い表情を浮かべ、眼だけ射るように治憲を注視している。

「主旨は相わかった。だが記されているのは、じつに国家の大事である。うかつな返事は出来ん。私も熟慮したいし、大殿に相談せねばならんこともある。その上で沙汰いたそう」

「それは困り申す」

須田がはねかえすように答えた。

「この場で、殿の即答を頂戴したい」

「そのためにわれらは参っておる。お答えがあるまでは、ここを動きませんぞ」

と芋川も言った。芋川の眼は、鋭く治憲を睨んでいる。

それでは、と治憲も坐り直した。この無礼な言上を論破してやろうと思ったのである。治憲は、四十五カ条のいちいちについて、質問し、反駁《はんばく》した。声には思わず力が入り、鋭く相手を刺す口調になったが、須田たちは一歩も退かなかった。殿は十五万石の家格はご存じないのだと嘲り、竹俣一党を斥けるか、我われの辞任を許すか、聞きたいのはその返事だと詰め寄ってくる。

論争の間に、一刻半（三時間）ほどの刻《とき》が過ぎた。治憲は口が渇き、頭が逆上したように熱くなっていた。

——無益な論争かな。

結着はつかない。ここは一たん引きあげるところだと治憲は思った。治憲は立ち上がろうとした。すると芋川縫殿がすばやく手をのばして袴の裾を摑んだ。

「お答えなされや、殿」

芋川は論争にしゃがれた声を張って喚いた。芋川の眼は吊り上がり、充血して治憲をひたと睨んでいる。

治憲は、はじめて身の危険を感じた。彼らがいま、日頃つけている家臣という仮面をかなぐり捨てているのを感じたのである。

ここまで持ってきた藩政を否定されることは、治憲自身の生き方を否定されることだったが、彼らもまた、たとえそれが狂信に近い頑迷さに支えられたものであろうと、自分たちのこれまでの生き方を否定するものに、歯をむいて挑《いど》んできているのだとわかった。

藩主と家臣ではなく、裸の人間がぶつかっているのを治憲は感じた。彼らはいま間違いなく、高鍋三万石からきた小伜の息の根を止めようと、全力を挙げてかかってきているのだ。彼らの古さを軽視したのは間違いだった、と治憲は思った。越後以来、と彼らは言っている。彼らが背負っているのは、そういう古く重いものなのだ。

その頑迷さで、謙信公以来の名家を、なし崩しに潰そうとしていることに彼らは気づかない。その生き方に固執して、藩の将来が見えない。彼らはいま、盲目だった。

「手をはなさんか、縫殿」

「はなしませんぞ。お答えを聞くまでは離しませんぞ」

芋川は、太い指で、さらに袴をたぐりよせようとした。

そのとき次の間から、黒く大きなものが走り出て、治憲と芋川の間に入ると、手刀で芋川の手首を打った。佐藤文四郎だった。

あ、と芋川は手をはなし、慌ててもう一度治憲に手をのばした。無言で、文四郎は再び手刀を使った。すると手首をかかえて芋川が背をまるめた。

重職たちが騒然と立ち上がる気配を聞きながら、治憲は廊下にのがれた。

「二ノ丸の大殿様へ」

後から佐藤文四郎が囁いた。重職たちはこの朝、治憲の側近をことごとく拘束したが、文四郎ひとりは、愚なるがごとき容貌のために見のがされたのである。重職たちが冒したたったひとつの失策のために、治憲は危地を脱したのであった。

九

治憲は、二ノ丸にいる重定に会って状況を報告し、援助を頼むと、再び本丸に引き返した。昂《たかぶ》った気分になっていた。

重職たちは、高声で話し合っていたが、治憲の姿をみると、一斉に立って取り囲むように詰め寄ってきた。

「まあ、坐らぬか」

治憲が言うと、七人は無言で坐ったが、須田伊豆がまた烈しい口調で詰《なじ》った。

「お逃げになるのは卑怯ですぞ」

「逃げたわけではない。一存でははからえぬことだから、大殿にも出座をお願いしてきた」

七人はひるんだように、一寸沈黙した。だがすぐに芋川縫殿が反撃した。

「大殿がおいでになったところで、我われの決心は変わりませんぞ。さきほどの訴状にご返事を頂くまでは、ここを動き申さん」

芋川は、まだ文四郎に打たれた手首を、痛そうに押さえていた。

「さよう。いよいよご返事を頂けないとなれば、江戸へ出て幕府に訴えることに申しあわせておりますぞ」

須田が威《おど》すように言ったとき、廊下がざわめいて、近臣を従えた重定が入ってきた。重定はまだ五十四歳である。隠居したといっても、身体は丈夫で、藩主時代の威厳は少しも衰えていなかった。

「きさまら」

重定は部屋に入ると、坐りもせず、立ったまま七人の頭の上に怒声を浴びせた。

「藩主が年若いと思って侮《あなど》ったな」

「………」

「千坂、色部」

重定は、平伏している奉行職を睨んだ。

「今日の有様は何のざまだ。徒党を組んで弾正大弼に迫るとは大それたことをやった」

「………」

「言い分があるなら、わしが聞こうか。ん？　言えまい、馬鹿どもが。何も言えんなら、ここにおることはない。早早に城をさがって慎んでおれ」

須田伊豆が顔を上げて何か言おうとしたが、重定はすばやく見咎めて叱咤《しった》した。

「よし、文句があるか伊豆。言え。ただし十分に腹を決めてから、言え」

須田の顔が、さっと青ざめた。千坂にうながされて、やがて彼らは一人ずつ丁寧に辞儀をすると、部屋を出て行った。

廊下を二ノ丸の方に戻りながら、治憲は後から重定に声をかけた。

「この裁断は、私におまかせ願えますか」

「むろんだ。存分にやれ」

と重定は言った。

「藩主を脅迫するとは、もってのほかの者どもだ。厳しく処断して、威厳を示したらよかろう」

「厳正に裁いておみせします」

と治憲は言った。重定は一部に暗君という評判もあり、げんに当綱などもそう思っているようだった。だが治憲に対しては、養子にした当初から、常に実子同様のいたわりを示し、治憲がやることには全幅の信頼と支持を惜しまないところがある。治憲はいまもそれを感じていた。

　翌日、治憲は竹俣、莅戸は訴えられている側だからとそのまま出仕を止め、千坂以下七名を呼んで事情を調べようとしたが、応じて登城した者は一人もなかった。芋川などは病であるからと断わっていながら、邸の門前で馬を責めて遊んでいるという報告が入った。この日米沢藩の政務は一日停滞した。

　二十九日になると、治憲は城中に大目付、御仲の間年寄、御使番など、監察職の者を呼び、重定の列席を仰いで、七重職の訴状を示し、事実の有無をただした。このとき治憲は慎重に、監察職の中でこれまで当綱の推選で勤めている者を除外している。

　大目付、御仲の間年寄、御使番は、訴状を吟味し、評議を尽くしたが、治憲の仕置きが悪く、「国中十万人御座候はば、九万九千人までは帰服仕らず」というのは間違っている。竹俣以下にも奸佞《かんねい》の事実はない、と結論を出し、「もしそのようなことがあれば、お尋ねを待つまでもなく、監察の職にある我われが申しあげた筈である」と言い切った。

　治憲はさらに三手宰配頭、三十人頭を登城させて同じように尋問したが、彼らの答えも、監察の人間と同様だった。

　七月一日の明け方、治憲は侍組、仲人、大小姓、御仲の間、三手、三扶持方、本新手明組、奉行同心、江戸家老同心、伏嗅《ふしかぎ》、段母衣《だんぼろ》百梃組、御馬組、大筒組など、千余人に急登城を命令した。城内外が騒然とした空気に包まれる中で、治憲は彼らを城下から国境に至るまで、緊急警備の位置に配置したのである。即ち本丸三門は大小姓、御手明各二名ずつを長として守らせ、二ノ丸四門は三手物頭が組中を引率して厳重に出入り検察にあたった。また国境の二井宿、茂庭、中山、小滝、板谷、塩地平、綱木、大瀬、玉川には、三手五人、町奉行同心、伏嗅各一名を派遣し、物頭二人は組下及び奉行同心を率いて、城下を警邏《けいら》した。その間にもほかに人数を配って七家の動静を監視させたので、城下の町屋は戸を閉じ、町通りは昼近くなってもひっそりと静まりかえったままだった。人通りのない道を暑い日射しがじりじりと灼きつづけた。

隣国の、この事件に対する風評を聞くための人数を送り出して、準備が全く終わったのが九ツ（正午）だった。

やがて治憲は、本丸書院の間に六老、御使番、宰配頭を呼び出して千坂以下を今夜裁断する旨を告げた。七重職に登城の召喚状が出されたのは七ツ半（午後五時）だった。御使番、三十人頭、三手、猪苗代、本手明、伏嗅あわせて六十名が七人の家に向かった。

七人は上使一行に護衛されて、城に来ると、一たん本丸の正門にとどめられた。ここで従者は冠木門の中にとどめられ、草履取一人が従い、これに三手組四人ずつがつきそって玄関を入った。玄関には町奉行二人が迎えていて、七人の前後に立って溜の間にみちびき、ここで刀、懐中物を改めて没収した。さらに七人は御式台三の間の中に設けた屏風囲いの中に一人ずつ引きはなされて坐り、警護の者が監視して、申し渡しの時を待ったのであった。

治憲が七人に判決を申し渡したのは、五ツ刻（午後八時）である。治憲は書院の間に出ると、七人を一人ずつ呼ばせた。部屋には奉行職以下、御城代、郷村頭取、御小姓頭、支藩上杉家の家老、奥取次、三手宰配頭、三十人頭、近習、侍医が左右に並んでいる。

千坂らは大小姓番所で脇指を差し出し、もう一度懐中を調べられて、一人ずつ丸腰で治憲の前に進み、平伏して申し渡しを聞いた。彼ら一人ずつを町奉行二人、大小姓、御仲の間各八人、三手付添い四人、捕手三人が取り囲んでいる中で、判決文が読み上げられたのである。

判決は須田伊豆と芋川縫殿が切腹、千坂対馬、色部修理の両奉行は隠居閉門の上、知行半分を取り上げ、長尾兵庫、清野内膳、平林蔵人は隠居閉門の上、知行のうち二百石を召し上げるという峻烈な処分だった。

須田、芋川が切腹して二カ月経った九月下旬に、儒者藁科立沢が、七重職を教唆《きょうさ》した罪で捕えられた。立沢は儒と医を兼ねる博学多才の人物だったが、須田の死後、立沢と須田が交わした密書が発見されて、教唆の事実が明らかになったのである。

立沢は有壁良安の家で打首となり、息子の御番医をしている蕪科立遠は隠居囲入れとなった。七家騒動と呼ばれ、米沢城下を震撼《しんかん》させた事件が、それで終わったのであった。

十

奉行竹俣当綱が、治憲に漆、桑、楮《こうぞ》それぞれ百万本植立ての素案を示したのは、治憲が帰国した安永四年四月のことだった。

治憲の表の執務部屋を訪れた当綱は、案内してきた小姓頭の莅戸《のぞきど》善政にも、

「大事な話なので、貴公も聞いてくれぬか」

と言って引きとめた。

「何かいい話かの」

治憲は机から向き直って、二人を迎えた。

「実は三谷から借金の見通しがつきました」

と当綱は言って、懐から部厚く綴じた帖面を取り出した。

そのとき小姓が、茶を運んできた。茶碗は二つしかない。善政が、当綱を案内す

るときに命じたらしかった。

「莚戸にも、茶を持って来い」

当綱は無雑作に言った。いや、私はお話のお相伴ですから、と善政は遠慮したように言った。こういうつつましさは善政の人柄である。勤めの方も細心に手堅く、それでいていつの間にか確実に実績を上げているというところがある。

町奉行時代の善政は、同僚の長井藤十郎と並べて、焼味噌九郎兵衛、干菜藤十郎と世間にあだ名された。九郎兵衛は善政の通称である。あだ名は、町人の贅沢をいましめるために率先して質素倹約を守った二人のつましさ加減を諷したものだが、この町奉行在勤中に、二人は義倉と呼ぶ備荒籾蔵《もみぐら》を城下に建てる計画に手をつけている。

富裕者の義捐《ぎえん》金をつのって作るのが義倉だが、善政と長井は毎年商家から出銭をつのって習慣をつけたので、善政が御小姓頭に、長井が郡《こおり》奉行に転じたあとも、出金は継続して、いまは四百俵余の籾に相当する義捐金が集まっている筈だった。町が自力で義倉を建てるのは間もなくだろうと言われている。

藩では去年、城下北寺町に備荒籾蔵五棟を新築し、ここに三万俵の籾を貯える計画に手をつけたが、それは善政と長井藤十郎がすすめた義倉建設が呼び水になっている。

つましいだけでなく、善政は昨年越後の三輪九郎右衛門家から借金して、家中借り上げのうち銀六分を返済することを献策して、藩に実施させている。ふだんつましい善政の言うことだけに、そういう家中救済策がいま必要だという考えには説得力があった。そういう洞察力も善政は身につけている。

豪放遠大な計画性に富む当綱と、緻密《ちみつ》で、現実的な実行力に勝る善政は、治憲からみると、得難い対照の妙に思われる。政治には、この両面が必要だと思うのだ。しかも藁科門の俊才だった二人は、性格の相違がいい方に働いて、公私ともうまがあっていた。

「三谷が、よく金を貸す気になりましたな」

と善政は言った。

会津藩、熊本藩などの御用達《ごようたし》として知られる、江戸の富商三谷三九郎は、享保十年米沢藩から十五人扶持を与えられ、藩の役蠟販売を一手に取り扱っていた。かたわら御用金調達にも応じていた金主だったが、森の執政時代に、森が約束を破って、役蠟をやはり江戸商人の野挽甚兵衛に流したので、怒った三谷は家のあらんかぎり米沢藩のご用は承らないと、つき合いを断っていたのである。しかも三谷にはいまも一万九千両の借金が残っている。

「三谷の手代を米沢に招んで飲ませたり苦労したがの。ものを言ったのが、これだ。

この計画書を試みに持たせて帰してから、風向きがよくなった」

当綱は帖面をぽんと手で叩くと、治憲の方に向け変えて、膝を前にすすめた。

「ご覧いただけますか」

治憲は帖面を手に取った。表紙には、勢いのいい当綱の筆で、三木百万本植立と書き、その脇に素案としたためてある。

治憲は帖面をめくってみた。が、やがて治憲の眼は、帖面に吸いつけられたようになり、指は次第に慌しく紙をめくった。

漆、桑、楮の三木、各百万本を領内に植ゑ立てる。一、漆木百万本　二十二万二百二十二俵は実穂一本より一斗計づつの出方。一、一万九千百五十七両は百万本の御潤益。一、桑木百万本　七千四百七両は一本より四十文計づつの出方にして御潤益。一、楮百万本　五千五百五十五両は、一本より三十文づつの出方にして御潤益。

合して三万二千百十九両。

御知行に積り、十六万五百九十五石。百石、二十両の割にて御知行に直し候分。

右は三木の御潤益、十年後の御出方空勘かくの如し、是までの御出方の外。

こうした文字が並び、次に漆百万本の植立てについては、一本三坪として、地割までしてあり、植立ては農民の自発的な増殖にする、役木とはせず、収穫は市価で買い取る、漆木が一尺以上になったら一本につき二十文の植立費を支給する、などが記されていた。

治憲は、読み終わると、黙って莅戸善政に帖面を回した。

善政が黙読を終わって、顔を上げると、三人は顔を見合わせて、しばらく黙った。

治憲と善政の顔は、いくぶん上気している。記されていたのは、十五万石に減った藩を、実収三十万石に返す計画だった。しかもそれは可能性がある。

「なお、御裁可を頂けば、三木植立ての事業をすすめるために、樹芸役場を設け、人材を選んで管理をゆだねたいと考えております」

「費用はいかほどになるかの？」

と治憲は聞いた。

「ざっと五千両と勘算いたしております」

「三谷がそれを出すのか」

「三谷からは一万一千両という借金の見通しがつきかけております。普通八分より安い五分利でござりますゆえ、ご心配にはおよびません」

「なぜ、そのように多額に借りるか」

「実は芝増上寺の密厳和尚から借りた金が、一万九千八百両ござりまして、これは一割一分六厘の高利でございます。こちらに低利の三谷からの金を六千両ほど払うつもりでおりますので」

「いずれにしても、あちこちと借金じゃな」

「いましばらくの辛抱でございます。もしこの三木植立てにご裁許を頂き、植立てにかかれば、十五万石のわが藩をやがて三十万石とすることは難しくございません」

「漆の実というものは、何年ぐらいでなるものなのか」

「植立て後四、五年でございましょう」

と善政が答えた。

「一年置き、あるいは二年置きに実がなりますが、お奉行のこの見積りは無理のないものと思います」

善政は、ひと通り眼を通しただけで、そこまで読み取ったようであった。

「即ち十年後には、お奉行が言われるとおり、年に知行分十六万六百石の収益が、ここから見込まれましょう」

「では、樹芸役場の仕組み案を作って、もう一度文書にしてみせてくれ」

と治憲は言った。

「三谷の方の借銀の方も、詰めを頼む」

「心得ましてござります」

「百万本植立てには、何年かかるかの」

「ざっと三年と思われます」

「楽しみじゃな。秋には取りかかれるように、手配してくれ」

「有難うございます」

と当綱は言った。

三人は顔を見合わせると、何となく微笑した。三木植立て計画が、やがて藩財政を支える巨大な柱になりそうな予感に、心をくすぐられたのである。

「わしは六日から糠野目の開墾地など、あちこち見回りに行ってくる。そのとき小出の製蠟所、白鷹山の麓の漆畑も見回ってくることといたそう」

治憲は少し弾んだ声で言った。

十一

安永九年の三月。出府を近くに控えていた治憲が、奥でくつろいでいたところに、突然竹俣奉行が目通りを願っている、という知らせがとどいた。治憲は、表の執務部屋で待つようにと伝えさせた。

「何ごとでございましょう。この夜中に」

「わしが出府するので、何かいそがしい打ち合わせが出来たのだろう」

「でも、かれこれもう五ツ（午後八時）でございますのに」

治憲の着換えを手伝いながら、お豊はやや不満そうに言った。治憲は早朝奥を出て執務部屋に入り、近頃は郷村の視察などもあって、奥に帰ってくるのはいつも遅い。ことに出府を控えていて、くつろいでいる一刻を乱されたくない気持ちが一瞬働いたのだった。だが聡明なお豊はすぐにそれを恥じた。

治憲は、世子には重定の第二子で義弟になる保之助を定めていたが、お豊との間に四年前直丸が生まれている。お豊は二年前にも第二子寛之助を生んだが、寛之助は早世している。治憲と結ばれて、十年の歳月が経っていた。二人の間には世の常の藩主と側室という繋がりとは中味が違う、こまやかな夫婦の情愛のようなものが通い合っている。

治憲を送り出すときには、お豊の声は夫を労《いたわ》る優しさだけのものになっている。

「お気をつけて、おいでなされませ」

暗い廊下を、幾つも曲がり、宿直《とのい》の藩士の灯りにみちびかれて歩きながら、治憲は当綱の用というのは何だろう、と思った。お豊には言わなかったが、治憲は当綱の登城に、異常なものを感じている。夜、こんな風に目通りを願ってきたのは初めてだった。

——明日まで待てない用があるのだ。

「竹俣は、一人か」

と治憲は言った。若い藩士は、藩主に声をかけられるとは思っていなかったらしく、驚いたように振りむき、はいと言った。

だが、それだけでは十分な答えでないと思ったらしく、ぎごちない口ぶりで、

「お一人でござります」

と言い直した。

部屋に入り、行燈の明りの中に顔をあげて迎えた当綱をみたとき、治憲は一瞬胸を衝かれた気がした。当綱の顔は、いつもの艶を失い、どこかむくんだように生気がなかった。白眼に血走りがみえ、髭ものびている。当綱は、あきらかに憔悴《しょうすい》していた。

——そういえば、今日は一日顔を見なかった。

と治憲は思った。

「夜分に遅く、申しわけござりませぬ」

治憲が坐るのを待って、当綱は詫びた。いまのが、この男の声かと、治憲が一瞬思ったほど、暗く内に籠ったような声音だった。

「どうしたな？　何があった？」

「いや」

当綱は微笑したが、その微笑は治憲には傷ましいものにみえた。

「少少心配ごとがございまして、いや……」

「……」

「殿のご出府前に、ぜひともお願いがございまして」

「言ってみよ」

静かに当綱を見まもりながら、治憲は言った。

「ほかでもございません。それがし今度こそ奉行職を解いて頂きたく、お願いにあがりました」

「奉行職をやめると？」

治憲は、鋭く当綱を注視した。

「またか。今度の理由は何だ？」

当綱は三年前に、一度辞意を洩らしたことがある。三木植立てにも着手し、再び細井平州を招いて藩校興譲館の基礎固めが出来、国産の青苧《あおそ》を使って縮《ちぢみ》を生産する目途《めど》もつけた。そういう段階のときで、治憲は驚愕して、深夜当綱の邸に密行し、懇懇と説いて思いとどまらせている。

——この男は、あれからずっと辞めることを考え続けていたのか。

答えないでうつむいている当綱をみながら、治憲はふと暗い気分になった。理由はわからないが、今度こそ当綱が後じさりして身をひこうとしている気配を強く感じたのである。藩建て直し策は、漸く緒についたばかりである。いま当綱にやめられては、後を動かして行く人間がいないと思った。

漆、桑、楮の植立ては、安永四年九月に樹芸役場を設置し、総頭取に奉行職吉江喜四郎、次頭取に侍組斎藤三郎右衛門という実力者を配り、計画より多少遅れてはいるが、新植立て分はいま漆木で四十万に達しているはずだった。

同じ年にはじめた中津川の燧石《ひうちいし》の国外輸出、扇子、墨、硯《すずり》の製造、紙漉《かみすき》の試作もすすめられている。藍栽培もやっと軌道にのったところで藍役場が出来ている。

そして治憲がもっとも関心を寄せているのは、国産縮の生産だった。米沢藩の青苧は、米沢苧と呼ばれて、長い間奈良晒《さらし》、小千谷縮の原料として評価を高めてきた。藩では、四年前に越後から縮織りの技術を盗むことに成功し、北寺町に縮役場を置き、いま北寺町と下長井で生産にかかっている。

これらはみな、当綱が采配を振って手をつけた仕事である。むろんすぐに実りをみるというものではない。実りはなお、長い年月の彼方にある。だがやがてそれらが十分に実り、窮乏の藩を潤す日が、確実にやってくる。この時期に辞めようとする当綱の真意は、何なのかと治憲は思った。

借財にしても、越後の渡辺家との交渉が滞っていると聞くほかは、当綱は巧みにさばいたという印象を治憲は受けている。

当綱は、江戸の三谷から五分利で一万一千両を借りると、旧債の一万九千両は一部棒引き、残金については無利息三十年賦とするかけ合いに成功した。増上寺の一万九千八百両という借金も、三谷からの新借のうちから六千両を回し、六千両を一括返済することをかけひきの材料にして、三千八百両は捨金させ、残り一万両につき二十年賦の返済とする約定をまとめている。当綱が、急いで辞職しなければならないような、政治的、政策的な理由は見当たらなかった。

――それとも報告を怠っている失態があるのか。

治憲がそう思ったとき、当綱が、まるでその疑問を見透かしたように口を開いた。

「理由はというお訊ねですが、格別の理由はございません。ただ……」

「思っていることを申すがよい。遠慮はいらん」

治憲は優しく言った。

「はあ」

当綱はうつむいて、じっと膝をみつめていたが、不意に顔を挙げた。疲労を溜めた眼が、静かに治憲を見つめた。

「正直に申しあげますと、それがし、ほとほと疲れました」

「……」

「賽《さい》の河原でございますな。一所懸命に石を積んで、今度はよいかと思うと、鬼がやってまいります」

「……………」

「それがしが藩の建て直しを考えましたのは、さよう、大殿様が入部なされた時分からでございます。殿がお生まれになる前でございますな。あれから、ざっと三十年経ち申した」

「三十年のう。そうなるか」

「はい。それがしはもはや若くはございません。しかるに、藩の建て直しはまだ先が見えておりません。なるほどいろいろとやってはみましたが、それでいくらか家中や農夫が楽になり申したかといえば、否です。殿はいまだに木棉を召しておられる」

「実効を急いではならんだろう、当綱。なるほどまだ先は長いが、そなたの才覚で、あちこちにいい芽が吹き出しているのも事実だ。そうは思わんか」

「殿はお若いから、そのようにおっしゃる。それがしは近頃、藩の建て直しなどということは、若い間にみる幻かも知れんと、そう思うようになり申した」

「……………」

「若い時分には、これほど美しいものはございませなんだ。命を賭けて悔いないと、女子に惚れこむように、真実そう思うたものでござる。しかし、年取ると、この幻は辛うござりますな。ほかにもいろいろと物がみえ、迷いも生じまする。しかも若いときと違い、追いかけるのに時どき息が切れ申しましてな」

当綱は微笑した。治憲は、その微笑に思わず背筋が冷たくなるような感じを受けた。当綱は、あるいは米沢藩の建て直しが、ついに実ることがないのを見通したのかも知れないという気がしたのである。だから身をひこうとしている。

「幻ではないぞ、当綱」

思わず治憲は、叱咤するように言った。藩建て直しに、ちらとでも疑問を持った自分を叱った声でもあった。藩主には身をひく場所はない。そして治憲は、家督を継いだ十三年前、領内白子神社にひそかに誓文を納めていた。文は「連年国家衰微し、民人相泥《なず》み候。因つて大倹相行ひ、中興仕りたく祈願仕り候。決断もし相怠るにおいては、忽ち神罰を蒙るべき者なり」である。その誓いを知る者は、神のほかに、誰もいない。

「藩建て直しがくる日を、わしは疑ったことがない。必ずくる。疲れたなどと申しているひまはないぞ、当綱。いま少しの辛抱じゃ。気力を奮いおこしてはげまんか」

「……」

「職をひくことは、まかりならん。それはぜいたくというものだ」

「殿は……」

当綱はしげしげと治憲をみて笑った。

「じつにお強い。江戸で初めてお目にかかったおり、ただ人ではござらんと拝察いたしましたが、これほどにお強くなられるとは、正直夢にも思わなんだことでござります」

当綱は、心にわだかまるものを吐き出して、いくらか立ち直ったのか、今度の笑いは少し明るかった。だが、辞意を取り下げるとは言わなかった。

「しかし、一応重職に計って頂けますか」

と言った。

二年後の天明二年十月。治憲は江戸桜田の藩邸で、国元の奉行広居図書、六人年寄志賀祐親らから提出された竹俣当綱弾劾の訴状を見ていた。弾劾状には、当綱の罪状十一カ条が記されている。それによると当綱は、まわりに佞臣《ねいしん》を作って寵愛し、遊楽にふけり、藩中慎みの日とされる藩祖謙信公の忌日に、酒宴をはってやめなかった、という。

治憲は、莅戸善政にその訴状を渡すと、立って縁側に歩き、草の枯れた庭を見た。

米沢とは違って、温かい日射しが庭に溢れている。

「その訴えは事実か」

と治憲は、庭を眺める視線をそのままに、背後の善政に言った。

「恐らく事実、と存じます」

善政が低い声で答えた。

「二年ほど前から、お奉行は人柄が変わったように見受けました。村村を巡回し、下僕に夜具を背負わせて、つとめて貧家に泊まるのを好んだお奉行が、近頃は豪農の家で酒宴をはるのを楽しみに村に出かけるというふうでござりました」

「理由は、何かの」

善政の答えはなかった。治憲が振り向くと、善政はうつむいたまま、口籠るように言った。

「直接には、越後渡辺家と負債の無利息年賦返還をかけ合って、拒まれたことでござりましょうか。なにしろ、借財が多すぎます」

「………」

「それに、お奉行は、改革に疲れたかも知れません。いえ、身体のことではございません。お奉行は元来が放胆、専制の性格を内に秘めておられました。それを藩建て直しの中で、長い間じっと我慢してこられたと、私は見ておりました」

善政は淡淡と喋っていた。

――やはり、二年前にやめさせるべきだったか。

と治憲は思った。あのとき治憲は半ば当綱の説得をあきらめ、重職の評議にかけたのだが、重職は当綱辞職に、一斉に難色を示した。治憲は続勤を命令すると同時に、当綱に信国銘の一振りを贈って激励したのである。

――隠居の上押し込め、は止むを得まい。

治憲は当綱の罪名を、そう判定しながら、なおも庭の枯草を眺め続けた。明るい日射しに、枯草の茎も穂も微かな光を帯びている。

ふと当綱がうらやましい気がした。改革はときに人に非人間的な無理を強《し》いる。当綱は、長いこと一汁一菜、木棉着を窮屈に思い、最後には罪を覚悟で大胆に遊んだのかも知れないという気がした。

――だがわしには、それは許されまい。

治憲はそう思い、長く険しい道を心の中に描いてみた。藩改革は、まだ始まったばかりのところで、じっと停滞していた。

あとがき

ありもしないことを書き綴っていると、たまに本当にあったことを書きたくなる。

この本には、概ねそうした小説をおさめている。

しかし本当にあったことと言っても、こうした小説が、歴史的事実を叙述しているわけではない。歴史的事実とされていることを材料に、あるいは下敷きにした小説という意味である。だからこれは、べつに歴史小説と呼んで頂かなくともいいのである。

あったことを書きたくなるというのは、私の場合、一種の生理的欲求のようなものので、ありもしないこと、つまり虚構を軽くみたり、また事実にもとづいた小説を重くみたりする気持ちがあるわけではない。片方は絵そらごとを構えて人間を探り、片方は事実をたよりに人間を探るという、方法の違いがあるだけで、どちらも小説であることに変わりはないと考える。

「逆軍の旗」は、戦国武将の中で、とりあえずもっとも興味を惹かれる明智光秀を書いたものだが、書き終わって、かえって光秀という人物の謎が深まった気がした。こういうところが、私を小説のテーマとしての歴史にむかわせる理由のひとつである。歴史には、先人の考究によって明らかにされた貴重な部分もあるが、それでもまだ解明されていない、あるいは解明不可能と思われる膨大な未知の領域があるだろう。そういう歴史の全貌といったものに、私は畏怖を感じないでいられない。そうではあるが、この畏怖は、必ずしも小説を書くことを妨げるものではない。むしろ小説だから書ける面もあると思われる。

「上意改まる」、「幻にあらず」は、郷里の歴史に材を借りたものである。また「二人の失踪人」は、南部藩士横川良助が書いた「内史略」に拠ったものであるが、書かでもの小説であったといえる。「内史略」原文の方が、はるかに立派で香気がある。なお参考書目については、すでに発表誌上に掲示させて頂いているが、本にまとめるにあたって再度挙げて謝意を表したい。とくに「上意改まる」の資料について、戸沢奎三郎氏の御配慮を煩わしたことを感謝申しあげたい。

参考書目「幻にあらず」＝吉田義信著「置賜民衆生活史」、横山昭男著「上杉鷹山」、人物往来社刊「大名列伝4」中、榎本宗次著「上杉治憲」、池田成章編「鷹山公世紀」、「米沢市史」、「東置賜郡史」。「上意改まる」＝常葉金太郎校訂「新庄古老覚書」。「二人の失踪人」＝「内史略南旧秘事記巻之二十一前、巻之二十二前」。

昭和五十一年六月

藤沢周平

解説

歴史的事実を描く文体の力

湯川　豊

いかにも藤沢周平らしい、明晰で、しかも柔かないい方である。「あとがき」の文章をここでもう一度読んでおきたい。

本当にあったこと、すなわち歴史的事実とされていることを材料にした、あるいは下敷きにした小説を書きたくなることがある。それは、《——私の場合、一種の生理的欲求のようなもので、ありもしないこと、つまり虚構を軽くみたり、また事実にもとづいた小説を重くみたりする気持があるわけではない。片方は絵そらごとを構えて人間を探り、片方は事実をたよりに人間を探るという、方法の違いがあるだけで、どちらも小説であることに変わりはないと考える。》

だから、歴史的事実を材料にした小説でも、「べつに歴史小説と呼んで頂かなくともいい」というのである。こうした発言の背後には、歴史的事実とされていることの不確実性への鋭い認識があると思われるが、それについてはふれないでおこう。

　ここでいわれている「絵そらごと」のほうを時代小説、「事実をたより」にするほうを歴史小説と便宜的に呼ぶとすれば、初期の藤沢周平には長篇短篇を問わず、けっこう歴史小説のカテゴリーに属するものが多かった。この『逆軍の旗』は、短篇の歴史小説だけを集めた、その典型ということができる。

　つい、初期の藤沢周平、と書いたが、どこまでを初期とし、どこからが中期あるいは後期とするか、厳密に考えていくと話がややこしくなりすぎる。私はごく漠然と、『用心棒日月抄』とか「隠し剣シリーズ」が書き始められる昭和五十一年（四十九歳）までを初期と考えている。そして五十歳から六十歳までを中期、それ以降を後期と仮にしているのだが、もとより便宜的な区分にすぎない。小説世界の深まりとか熟成とかでいうと、中期と後期を区分する必要はほとんどない、とも考えている。

　ただ初期には、いわゆる歴史小説に分類される作品がけっこう多かった。例をあげてみれば、尊皇の志士である雲井龍雄を描いた『雲奔る』（『檻車墨河を渡る』を改題）が昭和五十年の刊行、郷里である荘内（庄内）を襲った三方国替え事件を扱った秀作、『義民が駆ける』が昭和五十一年の刊行である。『逆軍の旗』の単行本は同じく昭和五十一年の刊行だから、この短篇集をそうした流れのなかに置いてみることは可能だろう。

ただし、私は歴史小説と時代小説の区分にいつまでもこだわろうとしているのではない。藤沢自身がいうように、「方法の違いがあるだけで、どちらも小説であることに変わりはない」のだから。そして双方を結びつけ、共通しているのは、藤沢周平固有のみごとな文体なのである。もっとくだけて、文章のすばらしさ、といってもよい。

抑制されていて、むだがない。透明度が高い。しかも、不思議な柔かさをもつ。あるいは、暗いなどという印象も含めて、さまざまに表現することができるだろうが、私の考えでは、イメージを喚起する力がある文章、というのが第一である。文章のもつ視線が人間の奥底にまで届いている。その文章にみちびかれて、私たちは人間の感情や思考、それが演ずるドラマを目のあたりにする。藤沢周平は、ごく初期の頃から、そのように喚起力のある文体を身につけていた。

文体の力は、同時期に書かれた「絵そらごと」の名短篇「鱗雲」「夜の城」などとひとしく、「逆軍の旗」「上意改まる」にもおよんでいるのである。

「逆軍の旗」は、日本史のなかでも極めつきの叛逆者とされがちな明智光秀を扱っている。描く中心は本能寺の変そのものではなく、そこに至る光秀の心の揺れと、信長を討ったあとの心の揺れのようなものが、じつに精密にたどられてゆく。たとえば、信長誅殺の決意を、光秀が娘婿の明智秀満に告げる場面。

《「それはなりますまい」

咄嗟に秀満は言った。部屋の空気を裂いた自分の声に愕《おどろ》いて、秀満は素早く立つと板敷を横切り、杉戸を開いて外を確かめた。廊下は黄昏《たそがれ》のように薄暗かったが、人の気配はなかった。

円座に戻ると、俯向いていた光秀が顔を挙げて微笑した。頰が紅味《あかみ》をとり戻している。》

この光秀の微笑。決意と困惑と、それにまつわるようにどこからともなくやってくる気の弱さ。それらの複雑な思いを表情にするとすれば、微笑しかない。戦国武将のなかでも格別に知的で、考える人である光秀の存在を、短い文章のなかで鮮やかに喚起している。

この小説にしたがっていえば、光秀を信長誅殺にまで追いこんだのは、彼が信長の狂気を見、それに全身を震撼させるような恐怖を感じたからである。

信長は、叡山焼打ちで数千の僧俗を殺した。尾張長嶋の一向一揆の男女二万を殺した。信長に叛いた荒木村重の一族千百五十人を虐殺した。あらゆる権力を手中にしつつある男のはかり知れぬ傲慢がそこにある。それと同時に、自分に向けられた侮蔑（と思ったこと）に、向けた相手を抹殺するまではけっして忘れないという心のもちようがある。光秀はそこに狂気としかいえないものを見た。

《あらゆる権力を否定し、破壊する過程の中で、信長という新しい権力が立ち現われてくるのを、光秀は眺めてきた。しかも土を洗い落としたあとに、白い根をみるように、権力者の中に次第に露出してくる狂気は無気味だった。》

そして光秀はその狂気が、たとえば武田勝頼を破った後の甲州落着の酒宴で起ったことのように、自分に向けられているのを肌で感じ、恐怖したのである。天下支配を信長にかわって行なおうとしたわけではない。巨大な恐怖から逃れるためには、その源である人間を殺すしかない。光秀の叛逆はそのように描かれている。だから当然のように、心の中で揺れるものがある。戦国史最大の事件の一つが、その揺れの中で語られている。そう考えると、ここで描かれているのは光秀だけではない、信長とは何者だったのかということでもある。小説の（三）と（四）は、光秀の目を借りて語られる信長という人間の姿である。その記述は、「白い根」のように露出してくる狂気を伝えて余すところがない。

「逆軍の旗」の発表よりだいぶ後のことになるけれど、藤沢周平は「徳川家康の徳」（昭和五十七年）という短いエッセイの中で、信長、秀吉、家康を比較しながら、信長について直接的に述べている。

二十歳前後に、信長に好意をもった。理知的・開明的な人物であるのを知ったためである。しかし、信長好きの時期は比較的短かった。たしかに時代の奇蹟とも呼びたいほどの開明的な精神を身につけてはいたが、いくら戦国時代とはいえ、ああむやみにひとを殺戮《さつりく》してはいけない、と藤沢はいう。そして、「信長には、見えている者の、見えていない者に対するエリートの傲慢さ、ルイス・フロイスが悪魔的傲慢さと記述したような人間に対する傲慢さがある。終わりが悲劇的だったのは故《ゆえ》なしとしない」と言葉を継いでいる。

人間を、そして人間が起こすさまざまなドラマが織りなしている世界を、いつくしみにも似たあたたかい目で見た藤沢周平ならではの信長論として私の記憶に残っているものだ。このような眼差しは、たしかに「逆軍の旗」にも生きている。

叛逆した光秀を、信長を誅した後どうするのか、問うようにして見ているのも、その眼差しにつながっているようだ。

光秀は、天下取りの野心を裡に秘め、はっきりした成算あって信長を殺したのではない。本能寺の変以後の、自分の陣容の構えをつくるのが、奇妙なほど遅いのである。その光秀の心情が次のように語られる。

《だがその仕事が終わったいま、光秀がみたものは、生きものの気配もない、荒れた野のような風景だった。そこに立ち尽くしているのは、紛れもない一人の反逆者

だった。この荒涼とした風景のなかに、なおもおのれを賭けるようなものがあるとは、もはや思えなかった。》

光秀が落ち込んだ場所を鮮やかに見せてくれる。先にイメージを喚起する文章といった通りの一節である。そこでは、歴史的事実が人間が演ずるドラマにみごとに変貌しているのである。

目次にしたがって読んでゆこう。

次の二篇は、記録された歴史的事実をもとにしているといっても、郷土史料に属するようなことで、一般にはほとんど知られていないだろう。

しかし「上意改まる」は、戸沢藩六万石の執政たちの闘争を扱っていて、これ以上ないほど暗く、苛烈である。この短篇について私は二つのことにまず注目した。

第一。藤沢周平の郷里である荘内に隣接する、新庄を中心とする戸沢藩の出来事としても、よくこのような政争に目をとめたものだ、という驚きが最初にある。材料は享保の頃に田口五左衛門なる者が書いた『新庄古老覚書』によっている。この本は大正七年に常葉金太郎の校訂によって活字化された。

第二。家老たちのあけすけな闘争は、血なまぐさい結末を迎える。戦国時代の雰囲気がまだ多少は残っている十七世紀半ばのことだとしても、凄惨をきわめたこの事件は、藤沢周平の抑制のきいた、端正な文章で語られるのが逆にふさわしいのではないかと思った。

　寛大な藩主正誠の上意が改まり、片岡理兵衛以下兄弟三人は切腹になる。しかし切腹したのは理兵衛ひとり、多兵衛と藤右衛門は斬殺である。とりわけ藤右衛門の斬殺場面は二本の腕を切られて凄絶だが、藤沢はたじろがずその一部始終を描いている。抑制がきいているからこそ、ただならぬ迫力である。

　この事件は、対立する執政たちに一人として共感できる人物がいない。とすると、暗く救いのないだけの短篇かというと、不思議にそうではない。

　結末に至って藤右衛門の思いびとである郷見が、戸沢藩領から荘内領に移ってゆく百姓たちを眺めやる場面がある。そこに至って小説世界の視野が大きく拡がって、読者はホッと溜め息をつくのだが、その溜め息は浄化作用《カタルシス》を含んでいるといえなくもない。私は最後まで乱れることのない端正な文章を心ゆくまで味わいながら、そんなことを思った。

　「二人の失踪人」もまた、めずらしい題材である。これは山形県が舞台ではなく、南部藩領雫石村（岩手県）で起った事件である。

　南部藩士横川良助が十九世紀前半にまとめた藩内の記録「内史略」四十四巻があり、その巻之二十一に「目明殺害事件、同仇討」として記されているものを素材にしている（岩手史叢第三巻所収）。丑太は目明《めあか》しの息子とはいえ、身分は百姓。その仇《あだ》討なのだから、めずらしい材料である。「上意改まる」と同様に藤沢周平がよくこの事件を見つけ出したものだ、と思う。

「あとがき」で、「書かでもの小説」だった、原文の方がはるかに立派で香気がある、と作家は謙遜しているが、そうは思えない。藤沢がどんな細部もおろそかにしないで語る百姓の仇討は、一つの哀れ深い物語になっている。

また私が格別に興味深かったのは、礼儀三百、威儀三千（「中庸」）といわれる江戸時代の、仇討を遂げた後の丑太の扱いの複雑さである。南部藩と水戸藩のまことにややこしい交渉事が克明に述べられていて、これまためずらしい。藩政というものの一面が復原されていて、新しい知見を得ることができた。

最後に置かれた「幻にあらず」は、米沢藩主上杉治憲（鷹山）の物語である。これは、東北地方の一藩国の中で起った出来事ではあるけれど、鷹山にまつわる史実はよく知られてもいる。鷹山は藩政立て直しにその生涯をかけた名君として、史上名高い人物なのだ。

そしてなによりも真っ先にいわなければならないのは、藤沢周平の最後の作品が、上杉鷹山が主人公の長篇『漆の実のみのる国』だったことだ。「幻にあらず」が昭和五十一年の発表（「別冊小説新潮」冬季号）で、それから十七年後に、もう一度長篇小説として上杉鷹山に取り組むのである。藤沢周平という作家の持続する志のようなものに心打たれる。

持続するものといえば、類稀な藩主であった治憲と、もう一人の主人公である奉行（家老）の竹俣美作当綱《みまさかまさつな》を見る目が、歳月を経ても大きくは変わっていないことだ。「幻にあらず」では、当綱を中心とする郡代所頭取森利真誅殺事件と、若い藩主となった治憲を襲った「七家騒動」の二つのことが主として語られている。この二つの事件を見つめる作者の眼が、十七年を経ても基本的には変化していないのは当然のようでいて、やはり驚かされることでもある。

「幻にあらず」は、人物としては治憲と当綱が中心にいるのだが、真の主役は「貧」というものだともいえるだろう。いかに大倹約令をくりかえし発しても、新しい産業を興して殖産に励んでも、どのようにしても貧乏を克服するのは難しい。

十三歳の直丸（治憲）が、

「しかし、それでは郷民があわれだの」

と、つい呟く。そして治憲は自分の治める国の現実である「貧」から、生涯顔をそむけなかった。一方、筆頭家老ともいうべき竹俣当綱は、ついに変わらぬ「貧」に敗れて、政治を放り出すのである。顔をそむけるわけにはいかなかった治憲という稀有な男への驚嘆が、作家にはある。「幻ではないぞ、当綱」という治憲の言葉が、そのまま小説の題になっているところに、藤沢周平の驚きと祈りがあるように私には思われた。そういう小説への姿勢が遺作にまで持続するのは、先にいった通りである。

そしてもし藤沢作品全体のなかで『逆軍の旗』を位置づけるとすれば、歴史のなかから拾い出した題材からしても、透明感の高い文体からいっても、この名匠の作風を考えるときに見落とすことのできない、大切な一冊なのである。

（文芸評論家）

初出誌一覧

逆軍の旗　「別冊小説新潮」昭和48年秋季号
上意改まる　「小説歴史」昭和50年7月創刊号
二人の失踪人　「歴史と人物」昭和49年12月号
幻にあらず　「別冊小説新潮」昭和51年冬季号

単行本　昭和51年6月青樹社刊

この本は昭和60年に小社より刊行された文庫の新装版です。
「藤沢周平全集」第六巻を底本としています。

DTP制作・ジェイ エスキューブ

文春文庫

逆《ぎやく》軍《ぐん》の旗《はた》

定価はカバーに表示してあります

2014年2月10日　新装版第1刷
2019年10月5日　第5刷

著　者　藤《ふじ》沢《さわ》周《しゆう》平《へい》
発行者　花田朋子
発行所　株式会社 文藝春秋

東京都千代田区紀尾井町3-23　〒102-8008
TEL 03・3265・1211㈹
文藝春秋ホームページ　http://www.bunshun.co.jp

落丁、乱丁本は、お手数ですが小社製作部宛お送り下さい。送料小社負担でお取替致します。

印刷・凸版印刷　製本・加藤製本

Printed in Japan
ISBN978-4-16-790032-8

鶴岡市立 藤沢周平記念館のご案内

藤沢周平のふるさと、鶴岡・庄内。
その豊かな自然と歴史ある文化にふれ、作品を深く味わう拠点です。
数多くの作品を執筆した自宅書斎の再現、愛用品や肉筆原稿、
創作資料を展示し、藤沢周平の作品世界と生涯を紹介します。

交通案内

・庄内空港から車で約25分
・JR鶴岡駅からバスで約10分、
「市役所前」下車、徒歩3分
・山形自動車道鶴岡I.C.から車で
約10分

車でお越しの方は鶴岡公園周辺の公設駐車場をご利用ください。(右図「P」無料)

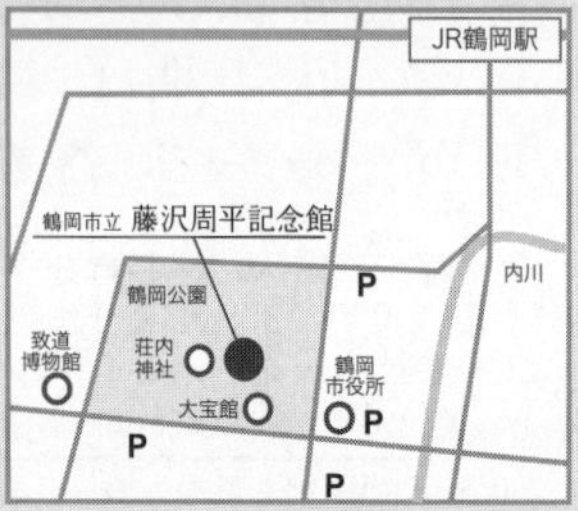

▍利用案内

所　在　地　〒997-0035　山形県鶴岡市馬場町4番6号（鶴岡公園内）

TEL/FAX　0235-29-1880 / 0235-29-2997

入館時間　午前9時～午後4時30分（受付終了時間）

休　館　日　毎週水曜日（水曜日が休日の場合は翌日以降の平日）
年末年始（12月29日から翌年の1月3日）
※臨時に休館する場合もあります。

入　館　料　大人320円［250円］　高校生・大学生200円［160円］
※中学生以下無料　［　］内は20名以上の団体料金。
年間入館券1,000円（1年間有効、本人及び同伴者1名まで）

— 皆様のご来館を心よりお待ちしております。—

鶴岡市立 **藤沢周平記念館**

http://www.city.tsuruoka.yamagata.jp/fujisawa_shuhei_memorial_museum/